愛を知らない竜王と秘密の王子

CROSS NOVELS

エナリユウ
NOVEL: Yuu Enari

みずかねりょう
ILLUST: Ryou Mizukane

CROSS NOVELS

contents

CROSS NOVELS

愛を知らない竜王と秘密の王子

風に煽られ、綿毛を纏った穂が身を揺らす。小川に沿って広がる葦《あし》にミカは目を留めた。まだ八つのミカには、街をぐるりと囲む城壁の外に出られる機会は多くない。何もかもが目新しく、マルメロを甘く煮詰めたような金茶の瞳は好奇心の光できらめいていた。

立ち枯れた葦の葉を掠《かす》め、数匹の小竜が低く飛んでいる。青や赤、茶と個体ごとに色は様々だ。

いつもはもっと大きな竜も見えるし、ミカの目の前でわざと小さな竜巻を作って遊んでくれることもある。城壁を出たらどれほど出会えるかと期待していたのに、なぜか今日は子どもの竜しか見当たらない。

「こっちにおいでよ」

そばに来てくれないだろうかと声をかけたが、波に押し出されるように一気に遠のいてしまい、見えなくなってしまった。

丸みのある肌へひときわ強い風が吹きつけた。秋晴れの陽光に輝く金髪の巻き毛が、強風に嬲《なぶ》られる。

ぎゅっと目を閉じて耐えると、背後の森で一斉に葉擦れの音が立つ。

人気《ひとけ》のない森が、突如大勢の呟き声に似た不気味な騒がしさで包まれ、小さな胸はとくとくと拍動を早める。

この森は太古の森に通じている。人が立ち入ることができるのは森の浅い範囲に限られ、深部は魔物たちの領域になる。さらにその奥には竜のすみかがあるというが、人には到底立ち入ることのできぬ場所だ。

不意に心細くなり、胡桃《くるみ》の入った籠《かご》を抱え、母の元へ戻ろうと踏み出した。

「……？」

何かに呼ばれた気がして立ち止まる。あたりには荷馬車の上で腰を曲げ、集めた胡桃を袋に詰め替えている母のソニアしかいない。一緒に来た大家のボリスは、もっと多くの実を拾おうと森の中へ入り、まだ戻ってきていなかった。

長いまつ毛を瞬かせ、高く青い空を見上げる。

秋空に浮かぶ雲は高い。その雲のさらに上を、小さな点が横切った。

「とり？」

小さな点はその場でくるりと旋回したのち、動かなくなった。

止まっているかに思えた点は次第に大きくなり、形を十字へ変えていく。

「こっちにきてる？　おりてきてるのかな？」

見覚えのある形は竜に似ている。しかし、ミカがこれまで見てきた竜は、雲より低い高さで飛ぶものばかりだ。それになんだか大きさが違う気もする。大人の竜でもあんなに大きなものは見たことがない。

少なくとも数百年、長ければ千年を超える時を生きる竜の気まぐれで、彼らは人間の世界に関わることがある。強いことが美徳である竜は、たくましく心の美しい人間を好む。気に入った者を見つけた竜は人間と契約を交わし、背に乗せて魔物退治に飛び回る。選ばれた人間は竜騎士として、人々から羨望と尊敬を集める存在となる。

こちらへ降下する竜らしきものが翼を羽ばたかせると、身体を覆ううろこがぎらりと鈍い銀色に光った。黒ずんだ身体は古めかしい甲冑《かっちゅう》そっくりだ。

「かっこいい……でも、『りゅうきし』さまのりゅうじゃないみたい」

ミカが住むサンベルムを縄張りとし、竜騎士と契約している竜は深い緑色の身体を持つ。ミカは竜を目にすることが多いが、あんな銀色の竜は初めて見る。

このリンドランド王国のみならず、人間の住む土地は、高い山脈と魔物が跋扈《ばっこ》する太古の森の合間に開けた平原に限られている。険しい環境によって隔てられた国々はほぼ交流がなく、その分争うこともない。太古の森を迂回《うかい》し、切り立った山谷に護衛付きで挑む商人以外は、めったに国外へ出ることがない。

国家間の争いがない代わりに、騎士は魔物や盗賊といったならず者を成敗するために剣を抜く。人の領域に現れた魔物を撃退し、農村部を含め街の人々を守るのが仕事だ。実戦の多い騎士は、身を挺して自分たちを守ってくれる英雄であり、子どもたちの憧れの職業でもある。

「かあさま！　みて！」

「そうねぇ、たくさん落ちているわねぇ」

ミカと同じ明るい金髪を一つに結い上げたソニアは、子の興奮した声に応えながらも、視線は皮手袋をした手元に落としたままだ。

胡桃の真っ黒になった外皮は、手袋だけでなく彼女の前掛けも黒く染めている。汚れるのを見越し、身に付けている衣服は穴を繕った跡がいくつもある、着古したものだ。

生活は庶民そのものだが、ソニアの顔立ちには穏やかな上品さと飛びぬけた美しさがある。

父は生まれたときからいない。母と子の二人暮らしではあるものの、幸いにも食べるものに困ることなく暮らせている。とはいえ毎日手を汚して働くし、もちろん召し使いもいない。

「あれみて！　きれいなりゅうがいるよ！」

「よかったわねぇ」

視線を空へ戻したミカが天を指さし、ぴょんぴょん跳ねて訴えたが、ソニアは袋から零《こぼ》れ落ちた胡桃の方が気になるらしい。

竜は音もなくまっすぐこちらへ向かって急降下したが、大きく翼をはためかせて進路を変えると、森の奥へ姿を消してしまった。

街の竜より幅も長さも倍以上大きな巨体に圧倒され、ぼんやり佇んでいると、顎ひげを生やした分厚い身体のボリスが木々の間から姿を現した。

「どうしたミカ。また竜でも見つけたか？」

背中に大きな籠を背負ったボリスの手には、木の実で膨らんだ袋がある。彼は母のソニアが働くデリカテッセンの主人で、店の三階をミカたち親子に住まいとして貸してくれている大家でもある。

「ぎんいろのりゅうがとんでいたよ！」

消えた方向を指せば、ボリスはすぐに顔を向けた。厳しい顔でじっと耳を澄ます。

「銀鱗は竜の王しか持たぬ色だと聞いたことがあるが……まさか」

「ボリスさん？」

ミカに名を呼ばれると頬を緩め、ボリスは頭をかく。

「お前はいろんな竜を見つけるのが上手だな」

大きな手がぽんとミカの頭に置かれる。軽い口調に、ミカは唇を尖《とが》らせた。

「とくべつなりゅうだったんだ！」

「はいはい、分かったよ。また見つけたら教えてくれ。だが、森には入っちゃだめだぞ」

「もりのおくは『まもの』がでるからでしょ？　さっきあった村の人たちは、もりのなかにはいったよ？　外からのぞくだけじゃつまんないよ。ぼくもはいりたい。ボリスさんがいっしょならいいよね？」

森へ入った村人たちは、魔物が嫌う香木を焚《た》けば平気なのだと話していた。

「それでも駄目だ。森の中は気配に気づきにくいし、見通しが悪すぎる。一個中隊の護衛でもいない限り無理だな」

いっこちゅうたい、と小声で繰り返す。意味は分からないが、とにかくたくさん人がいないと許してもらえないようだ。

「王さまにでもならなきゃだめってこと？」

急に慌てたボリスが打ち消す。

「いや違う。王様になんてならなくていい。とにかく、森の端だろうと群れからはぐれた魔物が現れる可能性だってあるんだ。俺から離れるなよ。竜騎士を乗せていない竜は人間に興味がないからな。俺たちが魔物に襲われても助けちゃくれないぞ」

ボリスもソニアも過保護で、ほかの子どもが当たり前にしていることを、ミカは許してもらえない。近所の子が駆け回って遊ぶのを、部屋の中から眺めるばかりだ。

ソニアにあの子たちと一緒に遊びたいと頼んでも、怪我をしたら大変だと、そんな心配ばかりされてめったに遊ばせてもらえなかった。

「ミカ、荷馬車の見張りを手伝ってくれないの？　私と一緒にいてちょうだい」

馬を器用に操りながら荷馬車をそばへ付けたソニアが声をかける。額に汗を浮かべたソニアの表情は明るい。

「ボリスさんもぼくたちからはなれてもりにはいったのに⁉　すぐにもどるならぼくだっていいでしょ？　くるみだってお店でつかうんだから、たくさんあったほうがボリスさんもかあさまもたすかるよね？」

ソニアは渋い顔でミカをたしなめる。

「魔力を持つ魔物は、雷や火で攻撃してくることがあるし、小さくても触れたら皮膚《ひふ》を凍らせてやけどさせる魔物もいるの」

「りゅうは『まもの』だけど『りゅうきし』となかよしだよ？　りゅうがとべるのは、まりょくがあるからなんでしょう？」

背中についた大きな翼は方向やスピードを調整するもので、実際に身体を浮かせているのは風の力だ。竜の種族は強烈な風魔法を扱える特性があり、それを操ることで自在に空を飛び回ることができる。

「仲良しとは違うわ。だって竜の方がずっと強くて長生きなんだもの。彼らが街を縄張りにして守ったり、竜騎士と契約してくれたりしているのは、竜たちが好む首鎧《くびよろい》を人間が作っているからよ」

「なかよしじゃないの？」

「畏《おそ》れ多いわね。森の魔物と同じ魔物で括《くく》っては失礼よ。とにかく森は危ないわ。ボリスさんも村の人たちも武器を持っていたでしょう？」

「じゃあぼくもたたかうれんしゅうするよ！　ボリスさんはむかし、『りゅうきし』だったんだよね？　ぼくもりゅうにのってとんでみたいな。ボリスさん、ぼくにもおしえて！」

親子二人が安心して暮らせるのは、すぐ下の二階に住むボリスが何くれと面倒を見てくれているおかげだ。

男手が必要なときはいつでも手を貸してくれるし、こうしてピクニックがてら店で使う木の実を拾いに出掛けることもある。若いころは竜騎士をしていたそうで、腕っぷしは強く、馬の扱いもうまい。ミカは父親のようにボリスを慕っていた。

「俺は……」

困り顔のボリスがソニアへ視線を向ける。ソニアは悲しげな顔で首を振った。

「剣なんてできなくていいのよ。街の中で穏やかに暮らすのが一番だわ」

ソニアの痛みを堪《こら》えるような表情には憶《おぼ》えがあった。もっとミカが幼かったころ、なぜ自分にはほかに家族がいないのかと聞いたときと同じ顔だ。

母は竜に乗らねば行けないほど遠い国の生まれで、帰ることができないのだと言っていた。ミカの父はこのリンドランドの人間だが、ミカたちとは暮らせない人らしい。

涙を零してごめんねと謝る母を見たら、胸が苦しくなって一緒に泣いてしまった。

彼女は代わりにミカといっぱい遊んであげると言って、春が訪れたばかりの原っぱを二人で走り、ミカを抱き締めたままごろごろ転がってくれた。互いに膝を土で汚し、声を上げて笑い合えば、悲しい気持ちは吹き飛んだ。

そのとき、貴族のお家ではこういうことはできないからと、ソニアが寂しげに呟《つぶや》いたのを憶えている。なぜそんな言葉を口にしたのか分からなかったが、大好きな母の笑顔のためには、母以外の家族のことを聞いてはいけないのだと思った。

口の端を引き上げ、笑みを作る。移り気な子どもがけろりと興味の矛先を変える、その姿を頭に思い浮かべた。

「あっちのくりの木ならいってていい？　もりにはいかないし、ここからみえるからいいよね？」

ソニアの表情から力が抜ける。ふわりと微笑《ほほえ》まれた。意図した通りの反応に、ミカもまた安堵《あんど》し、笑みを深くする。

「いってらっしゃい。イガグリの棘に気をつけて。帰ったら、去年の胡桃の残りでお菓子を作ってあげるわね」

すまなそうに眉尻を下げる母をこれ以上悲しませたくなくて、とびきりの笑顔を作って頷《うなず》く。ソニアがほっと息をつくのが分かった。

母の笑顔がミカは大好きだ。ソニアもミカの笑った顔が好きだと言っていたから、母に笑顔をたくさん見せるようにしている。

「やった！　ぼく、タフィーがいい。くるみをいっぱい入れて！」

少し大げさに喜んで見せてから、彼女の得意なタフィーをねだる。サクサクとした食感と胡桃の香ばしさを思い出せば、作った笑顔は本当の笑みに変わる。

「ほら、この棒を持っていくといい。指を刺されないよう、靴でイガを剝くんだぞ」

「はぁい！」

ボリスに渡された棒を片手に背中を向ければ、二人の心配そうな視線を感じた。栗の木まで軽い足取りを心掛けて走り、枯れ葉の上へ血色の良いミルク色の手を伸ばす。

ちらりと振り返れば、ソニアがボリスの背負った籠を下ろすのを手伝っていた。籠いっぱいの胡桃を見たソニアが嬉しげに目を瞠《みは》る。その横顔から、ボリスは眩しそうに視線を逸らした。照れているのか、首から上が赤くなってる。

「なんでボリスさんはぼくのおとうさんじゃないのかな……」

くすぶった気持ちを持て余しつつ、ピンピンとした棘だらけのイガグリを棒でつついていると、森の中からぱきりと枝を踏み折る音が聞こえた。

はっとして顔を上げれば、見知らぬ少年がいる。肌は青白く、陽に焼けていない。背丈はミカと一緒で、顔立ちもどことなく似ている気がした。眉にかかる程度に伸びた髪は銀色で、先ほど見た竜のうろこが頭を掠めた。

「きみ、どうしてふくをきていないの？」

無毛の股間を堂々と晒《さら》している少年に、ミカは首を傾げる。自分が知らないだけで、この森の中には泳げる池でもあるのだろうか。

眼前の全裸の少年は、ミカの素振りをまねするように、ゆっくりと首を傾けた。無表情のまま、まなざしだけが異様な熱を滲《にじ》ませ、こちらを見つめている。

「もしかしてきみ、ぼくとおはなししちゃダメっていわれてる？」

近所の子どもたちは、ミカに関わろうとしない。駆けっこに誘ってくれようとした子もいたが、親に引き留められていた。ボリスとソニアが過保護なせいか分からないが、周りから距離を置かれているのはなんとなく感じていた。

何も言わぬ少年の瞳は、相変わらずじっとミカを見据え続けている。ミカが近寄ると、黒だと思っていた少年の瞳にわずかに赤味が交じっているのが見てとれた。マルベリーそっくりの黒に近い赤紫の瞳を見るのは初めてだ。

「きみ、きれいな目をしているんだね」

再度話しかけたが、少年は黙したままこちらを見つめている。

「ぼくのうわぎ、きたらいいよ。さむいでしょう？」

自分の上着を脱いで少年へ差し出すが、やはりじっとこちらを見つめたまま動かない。見かねて上着を着せてやる。腕を持って袖《そで》も通してやった。

大人しくされるがままの少年に、弟を持ったような気分になる。

同年代の子と遊ぶ機会が少ないのもあり、奇妙な状況ではあるものの、自分と同じぐらいの子がそばにいるだけで胸が弾んだ。

「くつ、なくしちゃったの？　はだしでイガグリをふんだらいたいから、こっちをとおるといいよ」

手を引いて導くと、彼は従順についてくる。ただ視線は痛いほどミカへ向けられていた。

「ボリスさーん、くつもってませんかぁー！」

大きな声で呼ぶと、こちらに気づいたボリスがぎょっとしたのが分かった。すぐに駆けつけ、ミカを引き寄せる。繋《つな》いでいた手はぴんと伸びたが、少年は強く握って離さなかった。

「貴様手を離せ」

低く冷たい声に、ミカは驚く。子ども相手にボリスが怖い声を出したのが意外で、この子を守れるのは自分だけだと、少年の手を強く握り返した。

「ボリスさん、この子をたすけてあげて。くつがないの」

「二人とも手を離すんだ。できないのなら――少年、お前の腕を切る。もう一度言う、手を離せ。お前の腕を断つところをこの子に見せたくない」

ボリスは腰に提《さ》げた剣の柄に手を掛ける。少年の視線がミカから離れ、ボリスの剣に移った。

「やめてボリスさん！　ひどいことしないで！　きみも手をはなして！」

ぽろぽろとミカが涙を零すと、少年は渋々手を離す。

「誰に指図されてきた？　盗人に売られたか、拾われて育てられでもしたか？　大方、俺の気を引いて油断させたところを仲間たちが襲う気なんだろう？　残念だが、盗賊の十や二十、俺の剣の敵じゃない」

辺りを警戒しつつ、ボリスはびりびりするほどの怒気を放つ。いつも優しいボリスの豹変《ひょうへん》に怯《おび》えながらも小さな心を奮い立たせ、必死に言い募った。

「おこらないで！　ぼく、この子にくつをはかせてあげたかっただけなの」

しゃくり上げて泣くと、少年はようやく口を開いた。不安定な声の調子は、初めて揚《あ》げた凧《たこ》のように揺れ、頼りない。

「……の王である我に指図する者などいない。我は己の意思でここにいる。この者の魂に惹《ひ》かれ、気づけばここへ落ち、かような姿になっていた」

「は？　お前何を言っている？」

ボリスの表情がさらに険しくなる。ふらふらとした声は聞き取りづらく、ミカにはほとんど理解できなかった。

安定しない声音で、少年は独りごちる。

「愛を知らぬ竜が愛を知るとき、奇跡が起きると聞いていたが、まさか我の身に起きるとは」

「その伝説、まさかさっき聞いた銀鱗の竜ってのは――」

目を瞠り、唖然《あぜん》とした声を上げたボリスの腕が緩む。なぜか分からないが、ボリスが銀の竜を信じる気になったらしいのを敏感に察し、幼いミカは声を上げた。

「ぼくりゅうをみたよ！　この子のかみの毛みたいに、きれいなぎんいろだったんだ!!」

身を捩《よじ》って、ついさっき見たばかりの竜の話をすると、少年と逆の方向へ身体を押し出された。

「ソニア殿のところへ行くんだ」

「我はこれのそばにいる。ソニアという者のところへ行くのなら、我も同行しよう」

先ほどより定まった声で、少年が一歩踏み出す。ミカの上着を羽織っただけで、素っ裸の上に裸足だが、まっすぐ伸びた姿勢と落ち着いた表情は堂々としている。

「……ぼくといっしょにいてくれるの？」

そんなことを言う子どもは初めてだ。ぱっと笑みを浮かべると、これまで無表情だった少年が頬をヒクリと動かした。

「永久《とわ》に」

恐る恐るといった様子で口角を上げる。笑ってくれているのだと察したミカが満面の笑みを浮かべると、それに倣《なら》うように少年は自然な笑みを口元に形作る。

「待ってくれ！　おまえ――いや、君は俺と話をしろ――ではなく、してくれないか」

一瞬で笑みを消した彼は瞳に苛立ちを浮かべ、倍の背丈を持つボリスを睨《にら》み上げる。

「なぜ我が人間ごときに従わねばならない？」

大人のような口調の少年に、ミカはかっこいいと訳も分からず目を輝かせる。たじろぐボリスが言葉を詰まらせていると、あらあらとソニアがのんびりとした声を上げながら追いついた。

「まあ大変。どうしてあなたは服を着ていないのかしら？」

「かあさま、この子にぼくのくつをかしてあげて！　イガグリをふんだらかわいそうだもの」

「靴の前に、まずは下着を穿《は》いた方がいいわねぇ。でも下着は持ってきていないのよ。ズボンならミカの替えがあるけれど」

「くつはある？」

「長靴を持ってきているから、それを履《は》くといいわ」

「ありがとう、かあさま！　きみ、よかったね！」

「我が名はシュリシュマである。ソニアとはそなたの母か？　そなたに似て、人間とは思えぬほど美しいな」

少年は視線を和らげ、感心した声を上げる。

「あらやだ、それは褒めすぎだわ。うふふ」

正面切って激賞され、ソニアは頬を染める。

「この身体は体温の維持が難しいと思っていたところだ。ソニア殿感謝する」

「どういたしまして、シュリシュくん」

「ちがうよかあさま、シュシュくん……じゃなくて、えっとシュリくん？　だっけ？」

言いながら、ミカは首を捻《ひね》る。口にしたものの、やはり何か違う気がする。しかし、少年はあっさり頷いた。

「シュリでいい」

「きみ、としはいくつ？　ぼくはね、八才だよ」

「……そなたより人間となった期間は短い」

「じゃあ、ぼくのほうがおにいさんだね！　シュリくんはおとうとね！」

「兄？　愛しい者よ、期待に添えず残念だが、我らに血の繋がりはない。我はそなたと兄弟よりも番《つがい》になりたいのだ」

「ちがい？　なにがちがうの？」

嚙み合わない二人の会話へボリスが割って入る。

「悪いがそこまでだ。俺はこの奇妙な彼に事情を聞かなきゃならん。二人は服を取りに行ってもらえるか？」

「では我も」

ミカに付いていこうとするシュリを、ボリスが待てと引き止める。シュリは邪魔するなとばかりに不満げな視線をボリスへ向けた。

「そう嫌がらないでくれないか。俺はあの子の父親代わりのようなもんだ。番だなんて言い出す正体の知れない奴を、あの子のそばには置けない」

「人間は寿命の割に巣立ちが遅いと聞いたことがあるが、まだ雛《ひな》ならば仕方がない。話を聞こう」

「シュリシュマ殿、あなたは本当に――」

「いまより我が名はシュリだ。あの者が発音しやすい名でよい」

気の抜けた声で「はぁ」とボリスは相槌《あいづち》を打つ。

やけに重々しく頷く少年といい、気になったミカが二人の会話に聞き耳を立てようとすると、ソニアに長靴を持つよう呼ばれてしまった。

結局、服はズボンしか持ち合わせがなく、二人で代わりになるものを探した。ソニアの桃色のショールを腹に巻くしかなさそうだ。ボリスたちを見遣れば、二人でひそひそ何か話している。

「ミカ、二人のお話が終わるまで待ちましょうか。どうやら大事な話をしているみたいだわ」

母の言葉に頷き、わざとゆっくり戻った。

ボリスは頭を抱えて必死に少年へ何か訴えていたが、諦めたように肩を落とすと二人に振り向き、これ以上なく長いため息をついた。

秋空の下、長時間裸でいた少年は唇をうっすらと紫に変えていたが、ミカたちが持ってきたズボンと長靴を履き、やや強引にショールを腹へ巻きつけると、満足そうに息を吐く。

「人間の皮膚は体温が外気に奪われてしまうほど薄いのだな。だからこういった窮屈な服というものを身につける必要があるのか」

「シュリ殿、慣れるまで俺の許可なく発言しないでくれ」

頭痛を堪えるような表情で、ボリスが注意する。

「そなたは父親代わりだそうだが、人間の父親とは口うるさいものだな」

そう言って大げさに耳を塞ぐ。

疲れた顔のボリスいわく、彼はみなしごで、このリンドランド王国があるモドア平原から遠く離れた地で生まれ、恐ろしい盗賊に捕まって運ばれていたのを命からがら逃げてきたところなのだそうだ。

だから全裸だし、訳の分からないおかしなことを言っているのは、恐怖で混乱している影響だと説明してくれた。言葉がところどころおかしいのは方言で、そのうちこの国の正しい言い方を憶えるだろうと言い添える。

「本来なら孤児院へ連れていくべきだが、あれだ。あー……心に深い傷を負っているから、俺のところで預かることにした」

臆《おく》する様子のない少年は耳に手を当てたまま、不機嫌そうに黙している。

ソニアとミカはそろって納得いかない顔をしたが、心の傷は目に見えないものだと説明された。

耳から手を外した少年が、悠然と宣言する。

「これより、そなたは我とともに生きるのだ」

「いいの⁉　やったぁ！」

飛び上がって喜ぶ。彼がミカから離れたがらないように、ミカも彼にそばにいてほしいと感じていたからだ。

「シュリくんがいっしょにいてくれるの、ぼく、すごくうれしいな！」

「シュリでいい。我は愛しいそなたの名が知りたい。その可愛い声で教えてくれないか？」

「ミカだよ！」

「良い名だ。これから毎日ミカと呼んでいいか？　朝も昼も夜もその愛らしい名で愛しいそなたを呼びたい」

「いいよ！」

「寝床は別だからなッ！」

ぷりぷりと苛立った声をボリスが上げる。なぜそんなに怒るのか分からず、ミカはぽかんと口を開ける。苛立ちの矢印を向けられているらしい少年はといえば、平然とした態度を崩さない。

「当たり前だ。巣立ち前の雛にこ――」

「シュリ殿‼」

ウォッホンとわざとらしい咳払いをしたボリスが、腹に桃色のショールを巻きつけた少年の腕を摑《つか》んで引っぱっていき、小声で何やら叱る。

彼の変わった言い回しのせいだろうかと想像する。

「かあさま、ほうげんってそんなにいいなおさなければならないもの？」

「方言自体は悪くないけれど、リンドランドでは誤解を与える言い方になるのなら、直した方がいいわね」

「シュリが、ことばもつうじないとおいくにの子じゃなくてよかったぁ。だっておはなしできなかったら、おともだちになるの、たいへんだもんね」

親子でおっとりと微笑み合う。戻ってきた彼に良かったねと飛びつくと、ボリスはこの日何度目かの長い長いため息をついた。

帰り道、上着一枚だけでは寒いだろうとソニアがシュリを膝の上に乗せると、ミカは自分の方がお兄ちゃんなのだから温めると言い、シュリに抱きついた。結果、二人分の体重が圧し掛かってしまい、ソニアを困らせてしまった。

普段は聞き分けのよいミカがなんとしても自分が彼を温めると言い張って聞かない。困ったボリスは馬の手綱《たづな》をソニアに任せ、膝にシュリとミカの二人をまとめて乗せる羽目になった。

それからは、毎日が特別だった。

弟ができたと喜んだミカは、何をするにもシュリの手を引いて歩いた。シュリさえいればミカの笑顔は母に見せて喜んでもらうためのものではなく、心から溢《あふ》れるものになる。

喜ぶときはいつも大げさに振る舞っていたのも、意識せずとも大きな声が出るようになった。

最初こそ人間の数が多すぎると、独特な言い回しでぎこちなく過ごしていたシュリだったが、翌週には一宿一飯《いっしゅくいっぱん》の礼だと言って、家や店の手伝いを始めた。

さらにボリスの信頼も得て、シュリを伴っていればほかの子どもと同じく、自由に街を歩き回っていいと許可を出してもらえた。

それでもミカと遊ぼうとする子どもは少なく、限られていたが、見るだけだった子ども同士の遊びができるのが何より嬉しかった。

ぎゃあぎゃあと喚《わめ》いたり、甲高い声で大笑いしたりするのも新鮮で楽しい。

ケンカもした。相手はシュリではないし、一度きりだったが、数少ない友だちと摑み合いのケンカをしたのは、ミカにとって大事な思い出になった。

どんなときもシュリがそばにいてくれる日々は最高に心地好かった。

それから十二年後。

ボリスの営むデリカテッセンは、朝の開店から夕方の閉店まで客の途切れない人気店だ。品数は少ないが安くてうまいと評判で、ミカも店員の一人として働いている。

いまは夕食の総菜を買いに来る客で賑わう時間だ。

「ソニアさん今日もお綺麗だね！　いつもの芋《いも》のフリットを三つよろしく！」

常連の男性客がカウンター越しに声をかけ、持参した蓋つきの木皿を差し出す。すると、ボリスがいかつい顔で串に三つずつ刺さったフリットをぞんざいに木皿へ載せた。

「ほらよ」

「おいおいボリス、俺は美人の奥さんに頼んだんだ。お前にフリットを手渡されたくて来たわけじゃない」

「誰がやろうと同じ味だ。文句言うな」

「奥さんを褒めただけで俺を睨むことないだろ」

店主をからかいたいだけの常連はニヤニヤと代金を支払い、ボリスから皿を受け取る。

「ソニアさんを勝手にデリ屋の奥さん呼ばわりするな。俺たちは、ケ、結婚してるわけじゃないんだから」

むくむくとした太い腕を持つ、美形とは程遠いむさくるしい中年男が頬を染める。その様子に、軽口を利《き》いた常連だけでなく、並んでいた客までが一斉にぬるい笑みを浮かべた。

「フリット全種売り切れましたぁー！」

ボリスの脚のすぐ脇で腰を屈めたミカは、威勢のいい声を上げ、棚から空《から》になったトレイを下げる。

元々、ボリス一人で始めた店は、三人が立ち回るには狭すぎる。

ミカが店を手伝うようになってから、ソニアもボリスも楽になったと言ってくれるが、売上に貢献できているとは思えない。

残っている総菜も売り切れば、あとは店仕舞いだ。売り切れても作り足さないやり方は、店の利益は薄い代わりに、陽が沈む前に閉店できる。

夕陽が赤味を増したころ、表の立て看板を店内に入れようと外へ出たミカは、仕事帰りの街の住人に話しかけられる。

「ミカくん、店仕舞いかい？　今週分を支払いたいんだがいいかな？」

「サムさんこんばんは。もちろんいいですよ」

このサンベルムの街は大きくない。町というほど小さくはないが、住民みんなが顔見知りみたいなものだ。だからこの街の大人はミカもシュリも子どものころから知っているし、行き会えば親しく声をかけてくれる。ほぼ全員が三代前から家族構成も名前も把握し合う親密さは心地好くもあるが、何もかも筒抜けのような息苦しさもあった。

「いつもうちのフラーおばさんにスープを届けてくれて助かるよ。一人暮らしで心配なんだが、俺も毎日は顔を出せてやれなくてさ」

子のいない叔母を気にかけているサムは、こうしてときどきスープの代金をまとめて払いに来てくれる。

「いいえ、すぐそばですから。こちらこそいつも注文ありがとうございます」

サムからくしゃくしゃになった紙幣で代金を受け取る。

一人暮らしをしているサムの叔母は、店の斜め向かいの家に住んでいる。年老いた彼女はおととし夫を亡くし、しばらく落ち込んでいた。最近はミカが顔を出すと、笑顔で二人の思い出を話してくれる。

そんな彼女のために、ミカはお年寄りでも食べやすい具沢山の温かいスープを毎日配達していた。

ときには、お年寄りが一人で持つには重すぎる荷物を、代わりに運ぶこともある。

「今年の茶葉は出来がいい上に取引量も増えて忙しいんだ。昼休みに家に戻る暇もないから感謝してるよ。今度、奥さんに茶葉を持っていくからね」

茶葉の仲卸《なかおろし》をしているサムだけでなく、店の常連の多くがあえてソニアを奥さんと呼ぶ。わざとソニア宛てに差し入れするのも同じ理由で、すべてはボリスが動揺したり、嫉妬《しっと》を堪えて口をへの字にしたりするのを面白がって——言い換えれば、微笑ましく感じているからだ。

明日の配達もよろしくと言って去っていくサムを見送り、ふうと息を吐きつつ立て看板を取り込む。

「これだけ周囲から夫婦同然に扱われているのに、二人は絶対認めないんだよなぁ……」

それから三人で明日の仕込みや、使った油を濾《こ》すなど片付けをしていると、裏手から物音がした。

錆《さ》びた蝶番《ちょうつがい》がきしむ音は、裏口の扉のものだ。

「ミカ」

小声で呼ばれても、シュリの声ならすぐ分かる。いそいそと裏口に向かえば、胸元をはだけた騎士服姿のシュリがいた。

薄暗い裏口から塀に囲まれた小さな庭に出る。表通りから見えないここには、小さな井戸と洗い場のほか、今年拾ったばかりの胡桃を積んだり、調理で使ったざるを天日干しにしたりと雑多なもので囲まれている。

赤らんだ夕方の光の下、二人で向かい合う。紺の布地に刺繡《ししゅう》の入った襟の高い制服と、左肩にかかったペリースと呼ばれるマントは、彼の銀髪によく似合った。

「今日は早めに任務が終わった。お前にひと目会いたくて来た」

ミカを見つめる目は、十二年前の出会ったころと変わらず甘い。

納得できないことや気に入らないことがあればボリス相手だろうと誰の言うことも聞かず、従順とは程遠かったシュリだが、ミカだけは例外だった。年長の兄として弟の指導に強い責任感を持ったミカが、弟であろうと悪い子とは遊ばないと宣言すれば、行いを改めてくれた。

ただしミカとソニア以外には、「それがお前たちの秩序と信条に適っていると身命を賭して誓えるならば従おう」と脅しにも聞こえる言葉を用いたため、シュリに強く物を言う人間はほとんどいなかった。

媚びない性格はそのままに、常識を身に付けたシュリは十五の成年になるとサンベルム騎士隊の騎士見習いになった。剣の才能があったらしく一年もしないうちに騎士に、さらに十八で竜騎士となったのは驚きだ。

ぴったりと身体に合った服は苦手なようで、勤務が終わると、胸がすっかり見えるまでボタンを開けてしまう。

鍛えた身体は筋肉で厚く覆われ、白いシャツの間から覗く胸筋は大きく張り出て艶かしい。その胸元をすれ違う若い男女が頬を赤らめて見ているのを、ミカは知っている。ミカもそのうちの一人だからだ。幼馴染みに感じるにしては色めいた感情を、顔に出しはしないけれど。

自慢の幼馴染みの男ぶりに目を細める。しょっちゅう目にしているのに、毎回見惚れてしまうのが不思議だ。

「シュリったらまた前をこんなに開けて。お腹が冷えるし、みっともないよ」

見かねて手を伸ばし、開いたシャツのボタンを下二つ留める。むっちりと張り出た胸の筋肉に半ば意識を奪われつつ、もう一つ上も留めようとすると、彼の肌に指が当たった。見た目に反して柔らかな感触に手が止まる。

「我の胸が気になるか？」

シュリの『方言』はほとんど直ったが、いまも自分を『我』と言う。ちょっと偉そうに聞こえるけれど、そういう生まれだからと押し通している。

「視界に入れば気になって当たり前だろ。そもそもシュリがボタンを留めないのが悪い」

「窮屈な服は苦手だ。それに我の筋肉をお前に見てもらいたかった」

みっしりとした胸筋を見せびらかすように、胸を張る。強さが重視される騎士たちの間では、たくましい身体を見せるのは誇らしいことなのかもしれないが、乳首まで見えそうなほどはだけられると、視線のやり場に苦労する。

「見てるよ。すごいなぁっていつも思ってる」

シュリに腰を引き寄せられ、身体が密着した。汗の香りが一瞬漂い、ミカはなんでもない顔をしたままひっそりと息を吸う。

「触れたいならば触るがいい」

面と向かって許可され、眉を上げて聞き返す。

「いいの？　せっかくだしちょっとだけ……うわ、僕のほっぺ、いや、唇と同じくらい柔らかいよ」

人差し指で胸筋上部をふにふにと押す。反対の手で自分の頬と唇に触れ、柔らかさに感心した。

「ほう。では我はミカの唇を触らせてもらおうか」

「いいよ！」

唇と胸をそれぞれつつきあい、見つめ合う。とても満たされた気持ちで、自然と頬が緩んだ。

「シュリはみんなの憧れの竜騎士様なんだよ？　シャツのボタンをちゃんと留めて、かっこよくしてくれた方が、僕も幼馴染みとして誇らしいんだけどな」

竜騎士は騎士の中でも特別で、強いだけではなれない。

竜に気に入られた者だけが会話を許され、さらに信頼を得た者が竜騎士の契約を結ぶことができる。体力と剣技が充実する二十代半ばに竜騎士になる者が多い中、十八であっさり竜と契約した彼は異例中の異例だ。

「分かった。子どもたちが見ている前では我慢する」

ミカ以外からほとんど苦言を呈されることのない男は手を伸ばし、三角巾からはみ出た巻き毛をととのえてくれる。

出会ったときは同じ身体つきだったのに、いまでは何もかも違う。背丈は頭二つ分もミカより高く、足の速さも腕力も到底及ばないどころか、騎士隊の中でも飛びぬけて優れている。

本当はミカもシュリと一緒に騎士見習いになりたかった。シュリほどではなくとも、一緒にいても見劣りしないくらい強くなりたかった。

同じ騎士服で並び立つのを夢見ていた時期もあったが、母もボリスも、店のお客さんまでもが怪我をしたら大変だからと一斉に反対されてしまったことで、自分の能力では難しいと考え直した。

子どものころのように、四六時中ともに過ごせないのは寂しいが、ミカの気持ちを分かってくれているのか、こうして毎日顔を出してくれる。

「騎士のお仕事お疲れさま。おかえりなさい。今日も元気になるおまじないしてくれる？」

両手を広げると、男臭い笑みを向けられる。特になんの根拠もないおまじないだ。いつからか二人の間だけで始まり、いまも会うたびにしている。

「一日ぶりだな。会いたかったぞ。今日は忙しかったか？」

かけられる優しい声音に、落ち着かない気持ちで頷く。居心地が悪いのに、逆にはしゃいでしまいたくなる衝動が入り混じる。自分の方が年上なのに、こうしてシュリから甘やかされると、悔しいのに嬉しい、そんなふうに心が乱れてしまう。

子どものころとは異なりいまでは鋭い精悍《せいかん》さの中に、大型犬が子犬を相手にするのに似た穏やかさが滲んでいる。

一方、秋波を送られても気づかない鈍さもあって、そこがまた良いと男女問わず人気でもある。本人は誰に惚れられたとしても関心がないようなのが幸いだ。

もし彼に恋人がいたら、たわいのないこのまじないもやめなければならないだろう。それが寂しく、少しでも続けばいいと願ってしまう。

シュリの太い腕がミカの身体に回る。力の込められた腕の中、そのまま一、二、三……十を数えたところで放すよう促す。

「ありがと。もういいよ？　ボリスさんに見つかると、シュリ相手だろうと簡単に身体に触れさせちゃダメだってお小言もらっちゃうからさ」

まじないはシュリにぎゅっと抱き締められるだけだが、安心して眠れたり、一日を頑張れたりするからミカも好きだ。

「奴は昔から口うるさいからな。我を拾った十二年前から同じ小言を繰り返している。全く変わらぬ話を飽きもせず繰り返すあの不屈の精神には、我も一目置いている」

「奴じゃないでしょ。せめてお義父さんって呼べばいいのに」

「それは永遠にない」

きっぱりと否定するのはいつものことだ。相変わらずのあっさりとした親子関係に、ミカは苦笑する。

「ボリスさんは母さまだけじゃなく、逆に養子にしたシュリにも殿をつけて呼ぶし、どっちも変わってるよね。店でお客さんと話すときの方が口が悪いんだもん」

「ボリスの中では筋が通っているのだ。我が自身のことを我と言い続けるのと同じだ」

「仲が悪そうでいて、そういうところは不思議と通じ合ってるよね」

十五で騎士見習いになると同時に、ボリスはシュリを独身隊員向けの宿舎へ住まわせた。シュリは家を出るのを渋っていたが、ボリスに押し切られていた。いまも夕食を食べに来ることはあっても、泊まらずに宿舎へ必ず帰っていく。

たまには泊まっていけばいいのにと思うが、ボリスいわく危険なのだそうだ。おそらく、親子喧嘩になったら負けかねないと感じたボリスが、育て親の威厳を守ろうとしているのだとミカなりに考えている。ボリスの背丈をシュリが十五で追い越していたし、きっとそうだ。

「竜騎士になったのは、ボリスさんの影響でしょう？　竜騎士になれって言われて、あっさりなれちゃうシュリにもびっくりだけど」

シュリのそばにいたくて、ミカも騎士見習いになりたいと言い出したが、体力も筋力も足りなくて諦めざるを得なかった。ミカだけが五年前と何も変わらない。街の学校で文字と簡単な計算を憶えただけで、何もできないままだ。

竜騎士となった彼を讃える言葉や、彼へ向けられる憧れや感心の視線を見るたび、チリチリとした焦《あせ》りが胸の内に生まれてしまう。幼馴染みでなければ、自分はシュリと関われる人間ではないのだと思い知らされているような気がしてしまうのだ。

「ボリスが自分と同等かそれ以上に強くなければ認めないというからな。お前のそばにいるためには証明が必要だったのだ」

「礼儀作法も厳しく育てられてたよね。シュリに僕の子守りみたいなことをさせて、護衛の心得まで説いてさ。僕がしっかりしてないから、迷惑かけてごめんね」

「お前は悪くない。ボリスは元々口うるさい男なのだ。子どものころも、ミカに怪我をさせるな危ない目にあわせるな、門限のほかにも背や筋肉の成長にまで口うるさくてキリがなかった。竜騎士になったのもその延長だから気にするな」

シュリはミカの中にある劣等感を見透かしたように慰める。

「僕なんかにそんなの要らないよ。ボリスさんが昔から過保護なだけ——っていうか母さまも街の人もみんなそうなんだけど……僕がいつまでも頼りないからかな」

シュリを不安にさせぬよう、口元を引き上げ、笑みを作る。にこにこ微笑んでいれば、周囲は安心するのをミカは肌で知っていた。

「我の前では、本当に笑いたいときだけ笑えばいいと言っただろう？　無理をするな」

ぽんと頭に手を置かれ、作り笑いを優しくたしなめられる。

「うん。ありがと、シュリ」

ミカが弱音を吐けるのはシュリの前だけだ。しかし、かつては彼に話せば楽になれたものが、いまは話しても、胸の奥で降り積もった不安や劣等感はなくならない。むしろ慰められるたびに、自分が嬉しくて微笑んでいるのか、目の前の相手を不安にさせまいとしているだけなのか分からなくなっている。

「一緒に育ったはずの幼馴染みはどんどん眩しくなるのにね」

微笑みながらため息をつくと、少しだけ悲しげな顔をされた。この笑みが嘘《うそ》でもないが、本当の笑みでもないことを見抜かれているのだと分かった。

出会った当時はほぼ無表情だった彼だが、いまは豊かとまではいえずとも、表情を出せるようになっていた。

「二人がミカを手放してくれるなら我が――」

「あら、シュリくん、今日も顔を出してくれて嬉しいわ。夕飯、食べていくでしょう?」

裏庭へ鍋を洗いに来たソニアが、シュリを見つけ破顔した。汲み置きした水で手早く洗うと軒下の棚へ立て掛ける。

「もちろんです。御礼に店の掃除をして、店仕舞いも終わらせます」

シュリはきちんとした敬語で答える。ボリスの教育のたまものだ。

「あとは僕たちに任せて、二人で先に食べてていいよ」

ミカの言葉に、ソニアは首を振った。

「シュリくん、騎士のお仕事で疲れているのにいつも悪いわね。ミカ、食事は四人で食べましょう。二階のお部屋で準備して待っているわね」

厨房にいるボリスへ夕食用の鍋を持ってくるよう声をかけると、彼女はパンを手に一緒に二階へ上がっていく。ボリスはシュリに話しかけないが、七年間同じ家で暮らしていただけあり、目線を交わして頷き合うだけで通じ合えているようだ。

「僕たち抜きで食べていいのに。せっかく二人きりにさせようとしても、母さまはああしてごまかすんだ。二人ともどう見ても相思相愛なのになんでだろう？　お客さんに茶化されてるときだって、嬉しそうな顔をしてるのに」

「簡単にはいかぬ理由があるのだろう」

制服の上着を脱いだ拍子に、ハイカラーの襟の金具が、首に巻かれたチョーカーへカチリと当たった。目を引く赤珊瑚《あかさんご》のビーズで作られたチョーカーは、指二本分の幅だ。

シュリの喉には、小指の爪ほどの透明なうろこのようなものが付いている。

それは喉仏の位置にある。十二年前にシュリを森の端で拾ってからすぐにボリスが布を巻いて隠させた。ミカはつるつるのそれに触れるのが大好きだけれど、シュリはミカ以外に触られるのが嫌なのだそうだ。

いま身につけている赤珊瑚のチョーカーは、竜騎士になったお祝いにミカから贈ったものだ。大きくて艶やかなものはとても高級らしい。これは小振りな上に細かな凹凸があるさざれ石で、庶民にも手の届く値段だ。どうしてもシュリの深い赤の瞳にそろえたくて、それまで貯めていた給金をすべて遣ってしまった。

「二人が結婚しない理由ってなんだと思う？」

「ミカがいくらソニア殿の子でも、これは二人の問題だ」

慣れた手つきで自分用に置いてあるエプロンを引っ張り出し、腰に結ぶ。

「でも、十二年前からだよ？　僕だって二十歳の大人なのに」

ミカを一瞬ちらりと見遣ったシュリの視線が苦笑を含んだ。

「いま鼻で笑ったでしょ？　もう！　そりゃ僕は恋すらしたことないけどさ。シュリだって誰とも付き合ったことないだろ？」

むうっと唇を尖らせる。

「当たり前だ」

話しながらも二人は手早く掃除を進めていく。ミカは洗った食器を仕舞い、シュリは灰かき棒を使って竈の灰をかき出し、火種を灰が詰められた壺の中へ埋める。

食器を片付け終えたミカが棚を拭けば、制服のズボンを汚れぬようまくり上げたシュリが、灰洗剤を油のはねた床に撒き、ブラシで洗っていく。粘土石鹸《せっけん》や固形の石鹸も売られているが、毎日使うには値が張りすぎている。庶民は灰汁《あく》や、灰に熱湯をかけて分離させた上澄み液の灰洗剤を使うのが一般的だ。

「僕を気にして、母さまはためらっているんじゃないかな？　僕がもっとしっかりして独り立ちできれば、安心してボリスさんと一緒になると思うんだよね」

布巾を手に裏庭の洗い場へ行けば、ブラシを置いたシュリに無言で取り上げられる。手早くすすいで指先が赤らんだミカの手へ戻した。出会ったころと同じ季節を迎え、水は冷たくなっている。ソニアもミカも冬は手が荒れ、ひび割れた皮膚から血を滲ませているが、仕事を厭《いと》う言葉が出ることはなかった。

雨水を溜めた甕《かめ》から木桶《きおけ》に水を汲み、床を掃除するシュリの足元へ置く。息を吐き、思い詰めた様子で切り出す。

「あのねシュリ、僕、家を出ようと思うんだ。仕事も変えたい。この店はボリスさんと母さまの二人で充分だよ」

「去年も同じことを言っていたな。反対されて諦めたんじゃなかったのか？　きっとまた同じことになるぞ。耐えられるのか？」

十五で騎士見習いになろうとして大反対されたときと同じだった。あっという間にミカが店も家も出たがっていると噂《うわさ》になり、お客さんの半数にやめた方がいいと説得され、もう半数からはこの店に残ってほしいと懇願《こんがん》された。

シュリはお前が自分で決めるべきだと言って、敵にもならなかったが味方にもなってくれなかった。それを嘆いたら、自力で羽ばたかねば巣立ちではないと言われ、納得した。むしろ、そんな考えができるのだと感心したくらいだ。

結局去年は一人暮らしだけでもと街中の空き部屋を探し回った。しかし折悪くどこも埋まってしまい、家族向けの一軒家でさえ貸し出されていなかった。運からも見放されたと感じたミカは気持ちが折れ、断念してしまった。

「またみんなから心配されるだろうね。みんなが僕のためを思ってくれるのは分かるけど、やっぱり外の世界も知りたいんだ」

「街の外に出たいのか？」

そう問いつつ、彼の手は木桶でブラシを手早く洗い、水を床へざっと流す。道具を片付ければ、閉店作業は終わりだ。

「本当は旅に出たいけど、そこまでわがまま言うつもりはないよ。世間知らずな自覚はあるし、シュリみたいに強くもなければ剣も使えないからね。住む場所と仕事を変えたいってだけで、僕には充分冒険だよ」

ミカは肩をすくめ、道具を片付けに行くシュリのあとをついて歩く。

「過保護なボリスのことだ。許可するとは思えないな」

「今度こそ本気なんだってば。僕の悩みなんて、なんでもできるシュリには馬鹿らしいかもしれないけど」

わざと妬《ねた》んだ言い方を選んだ。弱音を吐けるのはシュリだけだから甘えてしまった。ミカが期待した通り、「そんなことはない」とすぐに否定してくれる。

壁に付けたフックにブラシを引っかけると、ミカへ向き合う。

「我にも悩みぐらいある。人間の身体は成人すると色々面倒で、激しい訓練をしてもなかなか収まらない」

「収まる？　たまによく分からない言い回しを使うよね。そういえば昔はもっと意味不明な話を大真面目にしてた気がする。シュリらしいな」

くすりと小さく笑う。そんなミカをシュリは困った顔で見つめる。

「お前を傷つけたくないのに、そうしたくなる衝動に定期的に襲われて困っている。ボリスが警戒しているのは、そんな我を分かっているからだ」

「ケンカしたいってこと？　僕だって力じゃ勝てなくても言い返すぐらい——あ！　ボリスさんを呼び捨てにしたでしょ？　さん付けしなきゃ駄目だって言ってるだろ。竜騎士としても先輩なんだからさ」

「いまはお前と二人きりだ。誰も聞いていない。我とお前だけ……」

熱っぽく語られ、ミカの頬がみるみる赤味を増していく。急に男の色気らしきものを向けてくるシュリに狼狽《うろた》え、胸を騒がしくさせる。

「何？　シュリ？」

「我にはお前が一番大事だ。二人で寿命を分かち、死ぬまでともに生きたい」

太い指が頭を包んでいた三角巾をほどく。後ろで一つに括った緩やかにうねる金髪を撫で、子犬のしっぽのごとくぴょんとはねる毛先を指に絡める。

「ともに生きるって……そうか！　いいね！　それならボリスさんと母さまも頷いてくれるよ！」

幼馴染みの大仰《おおぎょう》な言い回しに慣れたミカは、かえって胸を撫《な》で下ろす。彼なりの独特な表現で同居の提案をされたのだと意訳し、名案だと表情を明るくした。

いきなり一人暮らしをしたいと騒ぐより、二人で住むと説得する方が近道だと考えたのだ。

「いいのか？　本気にするぞ？」

白い肌が喜びでうっすらと色づく。

「いいよ！　お互い気心の知れた仲だもんね」

長くたくましい腕が伸び、ぎゅっと抱き締められた。いつものおまじないよりずっと強い抱擁に、そんなに騎士の宿舎は暮らしにくいのだろうかと心配する。

悪い噂は聞こえてこないが、言葉足らずなシュリは周囲から誤解されていてもおかしくない。ただでさえ竜騎士という頭一つ飛び出た存在なのだ。嫉妬され、居心地の悪い思いをしていたのだろうか。

「シュリの次の休みまでに部屋を探しておくから、一緒に見に行こう？」

抱き締められたまま、熟した木苺《きいちご》のような瞳を見上げる。

「我の次の休みは明後日だが、そのあとは忙しくなるからひと月先だ」

「王太子殿下の巡幸《じゅんこう》が近いんだったね。それなら、明後日の一日で部屋を契約してしまえないかな？明日、下見してくるから任せてくれる？」

「もちろんだが、そんなにすぐでよいのか？」

「巡幸の期間は店も忙しいから、ボリスさんも僕に構ってる暇はないと思うんだ。巡幸で街が騒がしくなる前に引っ越しも済ませちゃおうよ！」

階段が重くきしむ音がしたと同時に、ミカは素早くシュリから離れる。ボリスだとすぐ分かった。母親以外の人間とミカがべたべたとくっつくのをボリスは嫌う。案の定、数瞬後に眉間にしわを寄せたボリスが顔を出し、掃除が終わったのならシュリ殿と早く食べに来るようにと二人をせかした。

「すぐ行くよ！」

ボリスに返事をしてから、彼の耳元でこっそり伝える。

「いまの話はしばらく二人には内緒にしといてくれる？」

「だが……我は嘘はつかないぞ」

「ねぇシュリ、お願い。話さないでいてくれるだけでいいから」

チョーカーの下に人差し指を潜り込ませ、喉仏の上でぽつんと硬くなった部分を撫でる。彼の頬が赤くなった。楕円《だえん》のつるりとしたそこを撫でれば無理な願いも聞いてくれる。長い付き合いの自分だけが知る弱点だ。

「い、いずれ露見するぞ。お前はボリスに小言をつかれたくないのだろう？」

「部屋も仕事も決まったらどうせ話さなきゃいけないし、そのときまとめて怒られるよ。前みたいにあれこれ言われて邪魔されたくないんだ」

喉の上に当てた指の腹で、うろこの輪郭をゆっくりとなぞる。とても敏感な場所らしく、シュリは背中をもぞもぞさせた。

「……我はお前の誘惑に弱いのだ」

「ありがとうシュリ！」

つま先立って首に片手を回し、引き寄せる。すっかり成長した幼馴染みは意図を察して、大人しく屈んでくれる。自分が贈った赤珊瑚のチョーカーをずらし、その下に隠された透明なうろこに首を傾げてキスをした。ごくりと目の前の喉が鳴る。

「ここは特別なところなのだ。人前でしてはならぬぞ。話すのも控えてくれ」

嘘はつけないというくせに、隠し事をしたがるシュリをミカは愛おしく感じる。

「分かってるよ。僕だけ特別、だよね」

頬の熱を隠すように俯いた。

うろこに触れたときだけ動揺する彼が子どものころは面白く、きゃっきゃと追いかけて遊んだものだ。頬にキスするより親愛な仕草のつもりでしていたが、最近はなぜだか妙に気恥ずかしく、居たたまれなさに見舞われてしまう。

「部屋が決まったら、その足で一緒に教会に行こう」

「いいよ！　じゃあ決まり！」

最近、教会への足が遠のいていたので、行きたいと思っていたところだ。

この街では教会に孤児院が併設されており、野菜類が手に入りにくくなる冬期間は、店で干し野菜類を寄付している。以前は定期的に訪れ、母とともに孤児院の食事作りを手伝っていたが、いまは人が足りているからと訪れる機会が減っていた。

ずれたチョーカーに手を伸ばし、透明なうろこが隠れるよう元の位置に戻した。見えなくなってしまったうろこを、チョーカーの上からそっと押さえる。

自分にしか許さないそこにときおり触れて、シュリの特等席にいることを確認したくなる気持ちがなんなのか、ミカにはまだよく分からなかった。

◆
◆
◆

山の広葉樹はすっかり秋の色へ移り変わっている。それを上空から見下ろしながら、シュリは竜のドゥドゥとともに竜騎士として朝の巡回を済ませた。

緑鱗の竜の背から塔の上に降り立つ。一帯を一望できるここは街が用意した、竜に滞在してもらうための竜舎だ。最上階は床の半分が抜けており、竜が翼を伸ばして階下の藁《わら》を敷いた寝床へ降りられるようになっている。

羽ばたき一つで上階へ移動できる竜と違い、人間は壁から突き出た階段で移動する。

「無駄な魔力を使わずに飛べていたな。ドゥドゥ、良い飛翔だったぞ」

ドゥドゥはここ二十年、サンベルム一帯を縄張りにしている竜だ。二年前、先代の竜騎士が腰を痛めて引退すると同時に、シュリを次代の竜騎士として選んだ。

『どうなさったのですか。笑顔で私をねぎらうなんて初めて拝見しました。世界最強であらせられると同時に厳しいご気性でらっしゃる竜王がお優しいなんて、もしや、私は余命短い病にでもかかっているのでしょうか？』

まだ百年ばかりしか生きていない彼は、竜の中では若手だ。シュリに頭が上がらないが、嘘をつく習慣のない竜ゆえ、いつにないシュリの行動に怯える。

「我の魂の番がついに求愛を受け入れたのだ。巣立ちも行う。巣立ちは成人した印、これで繁殖行為をためらう理由はない！」

『それはお祝い申し上げます！　出会ったときは雛すぎて、愛を囁《ささや》くことすらできないと残念がっておられましたからね。シュリシュマ様が竜たちに不接近命令をお出しになったので、私は空の上からしか拝見したことがありませんが、感慨深いです。それで、私どもへの不接近命令はいつ解かれるのですか？』

そう言って、牛数頭分の巨体をそわそわと揺する。命令のせいで、サンベルムから半径三十キロはドゥドゥ以外の竜が近寄れなくなってしまった。

「ミカは我ら竜にとって澄んだ金剛石のごとく、非常に好ましい魂だからな。五千年前に、五頭の竜から求愛されたという人間の生まれ変わりなのかもしれぬ」

ヒッと短く鳴いたドゥドゥが、まさかまさかと首をぶるぶる振る。首の根元に巻かれた赤銅色《しゃくどういろ》の首鎧がカチカチと音を立てた。

鎧は深緑のうろこに映え、鏡のごとく陽光を弾く。竜騎士を介して何度も鍛冶職人の手を入れさせた首鎧は、銅《あかがね》への焼き入れの具合から形、彫り込んだ紋様に至るまでドゥドゥの好みに仕上がっている。

『まさか、竜界が五つに割れて大抗争を起こしたという災いの美姫のことですか⁉　あの争いで竜の個体数は半減して、繁殖力の低い我らはあれ以来頭数を増やせずに、減ったままだとか。同族で傷つけ合う戦いなんて、私は嫌ですよ！』

「結果的に、すべての竜を支配する王を定めるきっかけになったがな」

天敵のいない竜にとって、病や寿命以外で命を落とすのは、同族との争いによるものがほとんどだ。

かつて竜族は、強い竜を頂点にした緩やかな群れをそれぞれ作っていた。しかし災いの美姫による戦禍を教訓に、残った竜たちは絶滅を回避するため、そのとき一番強い竜を王に据え、諍《いさか》いの裁定を任せることにしたのが竜の王の始まりだ。

『本当に生まれ変わりであられるのなら、シュリシュマ王の魂の番として生まれ変わったのは竜族全体にとっても幸運でした。シュリシュマ様がいらっしゃるまで、この街に毎日竜が入れ代わり立ち代わり飛んできていたのはそのせいだったんですね』

「我がサンベルムへ来たのも、竜たちがやけに人間の街に集まっていると聞いたのがきっかけだったからな」

『私は当時の竜騎士と、屋根の上からミカ様たちを狙う暗殺者を見つけて魔物の森に運ぶ仕事をしていましたが、あの可愛い子のためならって、協力してくれる仲間が多かったんです。シュリシュマ様が無事番えたあかつきには、私もおそばでお姿を――』

「無事とはなんだ。我の番う能力に不安があるとでも言いたいのか？」

黒い瞳をぱちぱちと瞬かせ、緑の竜は首を傾げる。

『竜は同族の中から、最も相性の良い番を本能で見つけることができますが、そのお相手を拒否なさったから、いわゆる愛を知らぬ竜と呼ばれるようになられたのでしょう？　では繁殖行為、つまり交尾は未経験でいらっしゃるのでは？』

ドゥドゥはまだ百年しか生きていないが、すでに番を持っている。互いに好みの首鎧を作ったら、また落ち合う予定だ。つまり、番持ちとしてはドゥドゥに一日の長がある。

「本能で大体のことは分かっておるわ！　そもそも我の霊鱗は最も長寿で力も豊かなことを示す透明な清澄色なのだ。霊鱗を交換すれば、互いに寿命を半分ずつ捧げ合うことになる。我と番うだけで相手は長寿を約束され、こちらは持っていた寿命を縮めてしまう。どれほど合うとしても、そんな損しか生まれぬ取引はできぬ」

『愛を知らぬ竜と呼ばれる所以《ゆえん》は、そこなんですよねぇ。平凡な霊鱗の竜からしたら、尊大にしか見え――あっ、すみません。ええと、ほら、ご気性が強烈であらせられるなぁと』

「だから他種族に恋をしてしまった愛を知らぬ竜を、それ見たことかと誹《そし》るのだろう」

シュリは片眉を上げ、鼻先で笑う。

同族を拒否した『愛を知らぬ竜』の中には、魂の相性が極めて良い相手にごく稀《まれ》に出会う者がいる。一生に一度会えるかどうか分からぬ稀少な存在だが、出会ってしまえば異種であろうと恋に落ちる。稲妻に心臓を撃ち抜かれたかと錯覚するほどの衝撃が走るのだ。

好ましい魂に恋した竜は、強い感情の迸《ほとばし》りにより、恋した相手と同じ種の姿になる。

竜界に流れる噂では悲劇的な恋の結果に悲しみ、正気を失ったとか、地の果てに飛んで隠遁《いんとん》した話ばかり知られている。

竜の王が人間に恋をし、姿を変えたことは竜たちの強い興味を引いている。結末によっては、隠遁ならば代わりの王を決めればよいが、正気を失って暴れられたら太刀打ちできる竜はいない。世界がどうなるか分からないと心配する竜もいると聞く。

「ほかの竜がどう言おうと気にならぬ。あの愛しさをかき立てられる存在に出会えなかったのは、むしろ気の毒だと思うほどだ。昨日も可愛かったが、きっと今日も明日も可愛いだろう」

へらりと口元を歪め、不器用な笑みを浮かべたシュリは、軽い足取りで塔を下りていった。

『諍いの裁定を言葉ではなく暴力のみでねじ伏せてきた、暴虐で名高いお方が惚気るだなんて。そのデレデレっぷりこそ、私たち普通の竜には天罰が下ったように見えて恐怖なんですけどねぇ……』

暴虐な王の人間姿を見送りながら、ドゥドゥはため息代わりの鼻息をプスーっと吐いた。

にやけた顔を元に戻し、シュリはマリウス騎士隊長の執務室の扉をノックする。

応《いら》えと同時に開けると、壁一面にみっしりと書き込まれた街の地図が何枚も貼られているのが目に入った。

大きなテーブルの上には積み上げられた書類がいくつも山を作っている。

サンベルムの街には騎士隊以外に歩兵隊もあるが、彼らは門を出入りする人々の検問のほか、城壁や道路の整備といった公共物の工事に回ることが多い。戦うのはあくまで騎士であるため、街の警備の最高責任は騎士隊長が負う。巡幸の時期は特に、剣よりも書類仕事が多いのが実情だ。

「これは竜騎士殿、巡幸の警護計画に穴でもありましたか？」

白髪交じりの隊長の顔には疲れの色が見える。

「いや、別件だ」

唯一正体を知るボリスから口うるさく指導され、能力よりも序列が絶対の上下関係が存在することは理解したものの、態度に変化は起きなかった。

騎士見習いとして入った当初は、誰が相手だろうと対等に接してしまうシュリに腹を立てる者がほとんどだった。しかし、実力とその頑固さが知られると、徐々に周囲は何も言わなくなった。

竜騎士となってからは態度に役職が追いつき、いまは相手に閉口されることもない。

「アダム王太子殿下がつつがなくお過ごしになってくだされればよいが。お忍びでの街歩きといい、地方の騎士隊に与えられる重責ではないのだ。近衛を大隊でお連れになって良きように勝手にしていただける方がどれほどありがたいか。その間は我らは街の外で野営してしまえば手間はないだろうに」

隊長である自分と同格の立場であることと、普段から無駄口を叩かぬシュリの人柄に気を許しているせいか、騎士隊長であるマリウスの愚痴《ぐち》が止まらない。

地方騎士は平民が鍛錬と試験を経て「騎士」という職業を得るのに対し、王都の騎士及び近衛騎士は、騎士階級以上の家格が必要だ。

騎士階級の家は爵位持ちほどではないが領地を所有し、ある程度の裕福さを持つ。王都の騎士が剣を抜くのは巡幸の警備や、地方から魔物の討伐依頼を頼まれ、赴く程度だ。

「サンベルム騎士隊が大事に使ってきた詰め所の中を、温室育ちの王国軍騎士が我が物顔で使い、野営する我らを見下ろすならば――決闘が乱発するだろうな」

「ああ胃が痛い……」

位も鎧の質も王国軍の騎士たちの方が格段に上だが、実戦力はそうでもない。騎士同士の戦いでは、エリート教育を受けた王国軍の騎士が勝つことが比較的多いが、奇抜な動きをする魔物相手では地方騎士の経験値には敵わない。

役人が監査に来るだけなら、護衛の数は知れている。しかし、三年前から王太子が自らの巡幸の終点にサンベルムを加えてからは、ぎすぎすした仲の悪さが加速してしまった。

昨年は揉め事が起きないよう、王太子はサンベルムに到着すると、近衛の一部のみを残して王都へ騎士たちを帰していた。

「マリウス隊長、報告したいことがある」

「前倒しできるものはさっさとお願いします。巡幸はほかの地方都市では三日で済ませてらっしゃるのに、サンベルムだけ二週間の御滞在なのですよ……以前のように王妃さまから放たれた刺客が潜り込んでくる心配がないのはいいですが」

マリウスは胃の上をさすり、ため息をつく。

二十年前、ミカを宿していたソニアはボリスを伴い、命からがらこの街へ逃げてきた。王都と距離があり、寒冷でさほど豊かな土地でもなかったサンベルムは、その貧しさゆえに権力者たちの興味を引くことがなく、王妃の実家である侯爵家の影響を受けない数少ない街だった。

助け合って生きてきた街の住人たちは、ソニアとその腹の子を当然のこととして受け入れ、匿《かくま》った。

「いたとしたら、我がまた引っ捕らえるまでだ」

王妃が亡くなるまで、定期的に放たれていた密偵や刺客は、ボリスとシュリによって全員捕らえられている。

「ボリス殿が子どもを拾ったと聞いたときは新手の刺客かと疑いましたが、ここまで腕が立つとは驚きました。ましてや竜騎士にまでなるとは、ボリス殿は良い拾いものをなさった」

込み入った王宮事情を押し付けられた立場であるサンベルムの騎士隊長は、人の好い笑みを浮かべる。

「三年前に王妃が病死してしまう前に、ソニア殿の反対を押し切って王都へ乗り込んでしまえば良かったと後悔している」

竜同士なら戦って出た結果がすべてだが、人間同士はそう単純ではない。報復を止められ、シュリの怒りはくすぶり続けている。

「王妃様に何かあったら、御父上のセム侯爵様の怒りを買って国が荒れかねない。ソニア妃殿下は民の穏やかな暮らしを優先してくださったのです。太古の森の向こうから竜騎士たちに連れられて輿入れなさったお妃様が、一番この国のことを考えてくださる。それでシュリ殿、報告とはなんです?」

話を向けられ、無意識に胸を張る。

「近々宿舎を出て、配偶者とともに新居を構えることにした。その場合は役所のみならず騎士隊への届出が必要と聞いたので事務方へ書類を提出したのだが、受け取った事務官が隊長にも伝えるよう青い顔でしつこく訴えてきたので報告に来た。以上だ。失礼する」

視線を机上の書類へ落としていたマリウスが顔を上げ、驚愕《きょうがく》に目を見開く。

「待たれよ!　配偶者ですと?　ミカ殿下以外親しい人間のいない貴殿が?　そんな変わり者がこの

街におりましたか?」

「ミカだ」

「さて、同じ名前の者がいたかな?」

「いない」

騎士隊長の眉が奇妙なほどうねり、吊り上がっていく。寄せられた眉間のしわの深さといい、なんと豊かな表情だろうかと、シュリはひそかに感心した。

「……貴殿の配偶者になられるミカとは、まさかミカ・モドア・リンドローム殿下のことですか?」

「その名は口にしてはならぬのだろう?」

「シュリ殿が何を置いてもミカ殿下を第一に考えているのは知っていましたが、そんな妄想にとらわれていたとは思いませんでしたな。残念ながら殿下が貴殿をお好きなのは、幼馴染みに対しての好意でしょう。私も騎士隊長として住民から定期報告を受けていますから、それぐらい把握しています」

軽い憤りを腹の奥に押し込め、静かに反論する。

「妄想ではない。明日、新居を見てから教会に行く約束をした」

「まさか手を出したのですか? 密偵の色香にも惑わされぬ朴念仁《ぼくねんじん》だと油断して――いや、信頼しておりましたのに!」

「心配には及ばない。手を出すために婚姻をするのだ」

誇らしげに顎を上げたシュリを、椅子から立ち上がったマリウスが睨みつけた。

「ミカ殿下のなつきようと、シュリ殿の剣の腕を知らなければ不埒《ふらち》な意思ごと切って捨てるところです! いつのまに……!!」

あまりの悔しさに、マリウスは握ったこぶしを震わせる。

「昨日、受諾してくれた。死ぬまで二人でともに生きると約束し――」

「やめてくれ！　聞きたくない！　あのふわふわした金髪の天使、サンベルムの秘宝に手を出そうなど、貴殿はそれでも護衛か！」

罵《のの》られるのはそれだけミカを特別大事に思っているからだと、人間生活を十二年経たシュリは承知している。本人はさっぱりあずかり知らぬことだが、サンベルムの秘宝という別名も、街中から愛されている証拠だ。

「護衛ではなく、護衛代わりに育てられただけで、いまの我の肩書きは竜騎士だ。それに許可されないのならば騎士を辞めるまで。さすれば隊長の許可も不要だ。ミカの肩書きだとてただの平民なのだ。人間の決まり事を逸脱するものではない」

踵《きびす》を返そうとすると、すかさずマリウスから「待て待て」と引き留められる。

「そう早まるな。まずはボリス殿と話をしてからだ。それでソニア妃殿下とボリス殿はなんとおっしゃっているのだ？　もちろん報告済みでしょうな？」

「まだ伝えていない。ミカが二人には言うなと希望したのだ」

「公になっていないだけで、ミカ殿下は正真正銘のリンドランド王国第二王子でいらっしゃるのですぞ。いくらご本人の意思であろうと、そう軽々に決められることではありません」

「ではそう本人に伝えよう」

「言えるわけがないでしょう！　ソニア妃殿下は王妃様からの激しい嫌がらせと嫉妬から逃れ、平民としてお暮しになるため、この街へお住まいになったのです。王子にも王族としての苦労を背負わせたくないと願っておられる。それを無にするというのですか！」

人間の面倒事を理解しているつもりのシュリも、ため息をつく。ぐるぐると似た話を繰り返すのは、愛する番のためとはいえ、苦痛を感じる。

「ではなんと伝えれば？　別れてくれ、気持ちが冷めたと嘘をつけと？」

「そんなひどいことを申し上げたら、あの愛らしい王子がお悲しみになるではないか！　このサンベルムはミカ殿下の笑顔を守るため、住民一丸となって国王陛下にお仕えしているのも同然なのです！」

「だが、我らは好き合っている。好き合っているのだ」

意味もなく繰り返す。大変気分が良い。シュリが口の端に笑みを浮かべると、マリウスは堪えきれず地団太を踏んだ。

「まったくぬけぬけと！　このようなことにさせぬため、十五で貴殿を騎士見習いにして引き離し、年ごろの男女をそばに置かぬようしていたというのに！　とにかくボリス殿に報告しなければ!!」

「ミカの意思を無視するのか？」

「殿下のためだ。総菜屋の店主と偽っているが、筆頭護衛騎士のボリス殿に話さないわけにはいかない」

シュリは聞こえよがしに、大きく息を吐く。

「子どもを除いた街の住民全員が知っているにも関わらず、ミカは自身の出自を知らない。自分の父親を自分だけが知らされていない上に、その意思まで無視するのはむごすぎるのではないか？　ミカも二十歳、いつ巣立ってもよい年齢だ」

マリウスも後ろめたさはあるらしく唸《うな》ったが、頭を振る。

「国王陛下のご指示だ。新たなご命令がない限り、変えられぬ。おいたわしいが我らには判断できない」

「ならば我が直訴してやろう。殺しに行くのではないのだ。ソニア殿とて此度は止めぬだろう」

さらりと発言しつつ、目は本気だ。サンベルムを預かる騎士隊長は、シュリの気迫に負けじと言い返す。

「ミカ殿下第一の貴殿の気持ちは分かるが、いくら竜騎士とはいえ、いきなり行って陛下にほいほい会えるわけがない。ここはまず、再来週の巡幸で王太子殿下がいらっしゃったときにご判断願いましょう！」

「回りくどい。ドゥドゥに乗って父親に直接聞きに行けばすぐに済む」

竜に気に入られなければ契約を結べぬ普通の竜騎士より、竜を下僕のごとく手荒く扱うこの男は、竜騎士の中でも特別だ。

シュリならば私用だろうと気軽に竜を使役してもおかしくない。本当に王宮に乗り込まれては、サンベルム騎士隊を取り仕切る立場である自分が責任を問われるだろう。そこまで想像すると、マリウスの胃がキリキリと痛んだ。

「ふ、普通の父親ではないのですぞ。駄目に決まっているではない。まずはボリス殿に、次に王太子殿下に伺うのが一番なのです――あー、胃が痛い。痛いぃ。シュリ殿のせいで胃が痛い！」

嘆願めいた隊長の言葉に、仕方がないと息をつく。

「決断はすべて上司に先送りしろと？」

「俺の立場を思いやる優しさが貴殿にはないのか？　そんなふうだから、ミカ殿下以外誰とも親しくなれないのだぞ」

「それで充分だ」

「正直者め！」

罵るような口調で褒め言葉を投げられる。言っている本人は罵っているつもりなのだろう。まったく人は興味深いと、シュリはかすかな笑みを浮かべた。

昼の見回りを終え、詰め所内の食堂に入ろうとしたところで、同僚の騎士であるアーリンにつかまった。

「シュリ殿、昼前に隊長の部屋に行っていたでしょう？　あのあと、マリウス隊長が胃薬を三ダース追加注文したそうですよ。何かやっかい事を持ち込みましたね？」

騎士の中で女性は少数派だ。アーリンの背丈も腕の太さもシュリとほぼ同じで、並みの男の倍はある。既婚者で配偶者も女性だ。

「耳が早いな。その胃痛の理由は聞いたのか？」

「聞きたくてここにいるのですよ。聞かせてもらいましょうか。うちの妻は笑い話が好きなんです。竜騎士殿の話で笑わせてやりたい」

「あいにくまだ話せない。それよりちょうど相談がある。いま話せないか？」

人に聞かれたくないと、詰め所の隣にそびえる塔の上に誘った。

塔に登ると、新しい寝藁を敷いてもらったドゥドゥが、満足そうにムフンと息を吐いていた。その前を通ったが、ドゥドゥはちらりとシュリを見ただけで、自分に用はないと知ると大人しく目を閉じる。

ドゥドゥを世話する騎士見習いたちを横目に最上階へ上り、二人で街を見下ろせる場所に立つ。

「それで相談とは？」

促され、アーリンの手に光る銀の指輪を指した。

「結婚指輪とはどこでどんなものを買えばいいのか知っているか？」

あららと、アーリンは目を丸くする。

「シュリ殿、あなたは剣も体術も一番強くて、竜とも話せるサンベルム一の男ですが、嘘がつけないのが弱点ですね。マリウス隊長の胃痛の原因、話せないのではなかったでしたっけ？」

「我は何も話していないぞ？」

「まあいいです。シュリ殿のセンスなら勝手に買わずに、二人で一緒に店に行くのが一番ですよ」

塔の上は風が強い。びょうびょうと吹く音に紛れて聞き逃してしまわぬよう、シュリはアーリンのそばへ一歩近づく。

「店の場所はどこだ？」

シュリが目を細めると、無表情な顔は尋問でもしているかのような迫力を漂わせる。入隊時からシュリを知っている彼女は、後ろで一つに括った赤毛を翻《ひるがえ》しながら、慣れた様子で苦笑した。

「あたしが買った店を紹介してあげたいとこですが、シュリ殿がミカ殿下以外の人間に興味がないのは街のみんなが知ってますからね。相手が竜のドゥドゥなんてことはないんですよね？」

「あれは下僕だ」

「竜を下僕呼ばわりできるのは、国内の竜騎士たちの中でもシュリ殿だけですよ。普通は人間より竜の立場の方が上なんですから。ともかくほかに親しいのはミカ殿下しかいないわけです。となると結婚相手はつまり……」

「それは言えない」

呆《あき》れ顔のアーリンが肩をすくめる。

「分かってますが言わないでおきますよ。もしかしたら哀れなことに、シュリ殿の妄想って可能性も無きにしも非《あら》ずですからね」

マリウスに続き、同僚からも同じ疑いをかけられる。

「我は正気だ」

「正気でおっしゃっているなら、街の宝石店じゃなく、もっと特別なのがいい」

「特別とは？　王都なら特別な指輪があるか？」

さらに一歩踏み出すと、アーリンに怪訝《けげん》な顔をされ、上体を反らされる。

「無理して大金をはたいても、お心の清らかな殿下はお喜びになりませんよ。シュリ殿にしかできない特別なものがいいでしょう。指輪じゃなくて、思い出でもいい。大事なのはあなたは自分の特別なんだって気持ちを伝えることですから」

「我にしかできないことか」

「シュリ殿は変人でらっしゃるから、人まねじゃうまく伝わらないかもしれません。あとはご自分で考えるしかありませんね」

「なるほど。助言感謝する」

アーリンが立ち去ると、シュリは自分だけの特別なこととは何か考える。

あれこれ思い悩みながら、眼下の街並みに視線を落とす。ふと、通りに見慣れた金色の頭を見つけた。

凝視すると、誰かと歩いているのが分かった。華奢《きゃしゃ》な身体はボリスでもソニアでもない。

「ドゥドゥ！　いますぐこっちへ来い！」

振り返り、吹き抜けの下へ向かって怒鳴る。すぐに緑色の巨体が羽ばたき、シュリのかたわらに降り立った。

『シュリシュマ様、そんな怖い声をお出しになるなんて、どうなさいましたか？』

「あそこにミカがいる。お前、竜の視力で一緒にいる人物が誰か教えろ」

『黒髪の若い女性ですね。あ、ミカ様が何かを若い女性に手渡しました。ここからミカ様の表情は見えませんが、女性はミカ様に微笑んでおります。何か美味しいものでももらったのでしょうか？　あれ、女性が建物の陰に入って見えなくなってしまいました』

「見失うな。真上を飛べ」

『かしこまりました』

ドゥドゥは飛び立ち、あたりをぐるりと一周すると戻ってくる。

『なにやら金属製のキラリとした物体をミカ様へ渡していました。いや、ミカ様から女性が受け取ったのかもしれません。二人とも似たようなものを手にしてらっしゃいました』

キューと鼻を鳴らし、首を捻る。

どちらがどちらへ渡したか、それしきのことがなぜ分からないのかと苛立つ。二人とも持っていたという言葉に、はたと気がついた。まさかと思いつつ、聞かずにはいられない。

「もしや指輪か？　指輪を贈り合ったのか？」

『すぐに仕舞ってらっしゃったので、そこまでは見えませんでした。それからえーと、通りの角のところで笑顔で手を振ってお別れになりました。ミカ様、笑顔が可愛かったです。あとは南に向かって一人で歩いていかれました』

「可愛いのは当然だ。それよりもっと女の方を説明しろ。身元を調べるのに必要な情報をよこせ。髪型は？　瞳の色は？」

ドゥドゥの鼻が不満げにブフッと鳴る。

『竜の王であるシュリシュマ様が、無害な人間の女をお気になさる必要はないかと存じます。ミカ様のお美しい魂ならば、直接伺えばありのままお答えなさるでしょうに』

「贈り物をし合っていたんだぞ、ミカが若い女に！　それなのに冷静になれるか！」

頭に血が上ったシュリが竜の首鎧を掴んで前後に振る。ぐらぐらと頭を揺らしながら、下僕同然であるはずの竜の目が冷ややかなものへ変わっていく。

『……片思いの相手に無理やり繁殖行為をした場合、合意も取れない軟弱者だとすべての竜から嘲《ちょう》笑《しょう》されるのはご存知でらっしゃいますよね？　どれほど相性が良かろうと魂の番だろうと、合意は必要でございますからね？』

「死ぬまで二人でともに生きると約束し合ったのだ！」

『人間は窮地に置かれると心が乱れ、夢を現実だと思い込むことがあると聞いたことがあります。もしや、そのような心理的影響をお受けになってらっしゃいませんか？』

人間へ変容したシュリの身体は、恋の決着が付くまでは竜体に戻ることができない。長く人間の身体でいるがゆえに、不安定な心のあり方に影響を受けたのではないかと、ドゥドゥは心配してしまう。

「どいつもこいつもなぜ我の正気を疑うのか！」

『以前、街中を一緒に歩いているのを遠目から拝見しました。畏れながら申し上げますが、腕を組んで歩かれてみてはどうでしょうか？　手を繋いでらっしゃっても、恋人同士というより迷子にならぬよう兄が手を引く兄弟に、私には見受けられるのです』

「我が下僕よ、お前の懸念は杞憂《きゆう》だ。ミカは我がシャツのボタンを外して行けば、毎回留めてくれるぞ。腹が冷えるからと心配もしてくれる。何より会うたびに我らは熱い抱擁を交しているのだ」

誘惑の仕方を騎士の同僚に以前聞いたところ、筋肉を見せるのが一番だと教えてくれた。それ以降、こまめに胸を見せるようにしている。

ドゥドゥが安心の吐息代わりの鼻息をブフッと吹き出す。

『このドゥドゥめの懸念を払ってくださるとはお優しい。本当の恋人なら相手を信頼できるはずですから、一緒に女性と歩いたなんて些細なことはお気になさいませんよね？』

「信頼しているとも！　いま思えば求婚へのミカの返事が少し軽かった気がするが……」

言い淀む竜王を、ドゥドゥは心配そうに見下ろした。

◆　◆　◆

午前中の客足がひと段落したころ、ミカは思い切ってボリスへ尋ねた。

「ボリスさん、部屋を借りたいんだけど、いまって空き部屋はあるのかな。ほら、去年僕が探したときはどこも埋まってたでしょ？　いまはどうなのか知ってる？」

どうせ街の誰かに聞けば、すぐに彼の耳に入るのだ。ならばいろんなことに詳しいボリス本人に聞いてしまう方が話が早い。

「去年、貸し部屋を探して見つからなかったのに、まだ一人暮らしを諦めてなかったのか？」

「……シュリが騎士の宿舎を出るって言ってるんだ。ボリスさんなら空き部屋を持ってそうなところを知ってるかなって」

違うと言っては嘘をつくことになる。しかし、いまはまだあれこれ言われたくない。正直に言えない状況にもやもやするものの、シュリの話だけすることにした。

「あいつが宿舎を出るだと？　なんでだ？」

険しい顔で聞き返される。これは反対されるパターンだなと落胆しつつ、昨日聞いた話でごまかした。

「ええと、成人した身体は色々面倒で、激しい訓練をしても難しいとかなんとか言ってたけど」

自分も一緒に同居させてもらうつもりだとバレやしないかハラハラしたが、あっさりと街の北で探してみればいいと助言までされ、驚く。

「騎士隊の詰め所に近い方がいいだろう。街の北にある金物屋があそこらへんの不動産の仲介をしてるから、そこで聞いてみろ」

金物屋と兼業しているのだという。

「いいの⁉　去年僕が家を出たいって話したときはダメだって反対されたのに！」

「駄目に決まってるだろう」

にべもなく決めつけられ、頬を膨らませて抗議する。

「シュリだけずるい！　僕だって大人だし、成人した身体ってやつになってるよ！」

「ミカ、シュリが言ってた『面倒』の意味、分かっているのか？」

かぼちゃをマッシュしていた手を止めたボリスが、こちらを向いて妙に優しい声音で問うてくる。

「身体が大きいから狭い部屋で暮らすのは大変ってことでしょ？」

「駄目だな」

ぷいとボウルに視線を戻されてしまった。

「僕も一人になりたいときあるんだけどなぁ」

「三階は部屋が三つあるんだ。自分の部屋だってあるだろ？」

「えぇ……僕、一生ここに住むの？」

ボリスは少し考え、仕方なさそうに息を吐く。

「時期になったら考えておく。もう少し広い家に引っ越してもいいし」

「それって、引っ越してもまたボリスさんと同じ家に住むってこと？」

「嫌か？」

ボリスの片眉が不満げに上がる。

「嫌っていうか、母さまとボリスさんが二人で住めばいいのに。僕、邪魔じゃない？」

「ばっ、ばかやろう。そんなふざけたことソニア殿の前で絶対口にするなよ。失礼だからな！」

狼狽えたボリスが必要以上に腕を振り上げ、棚に肘をぶつけて呻く。舌打ちしながら調味料を入れるのを見て、呆れた。

「いまボウルに入れたの砂糖だよ？　シェパーズパイにするんでしょ？」

ボリスが隠し味だなんだと悔しげに呟く。そこへ買い物から戻ったソニアが裏口から入ってくると、ボリスは急に押し黙ってしまった。

「ボリスさん、これから抜けさせてもらっていい？　シュリは忙しいから、代わりに部屋を探しに行きたいんだ。それとも母さまと二人じゃ嫌？」

「そんなわけないだろう！　あー、あれだ、行くならおろし金をついでに買ってきてくれ。古くなっちまって買い替え時だ」

「ありがとうボリスさん！　母さま、ちょっと出かけてくるね」

「街から出ちゃだめよ。お財布とハンカチを忘れずにね。明るいうちに帰ってくるのよ」

何年経っても変わらぬ決まり文句に、ミカは明るい声でいってきますと返した。

財布をズボンに突っ込んで店を出た。振り返れば、二人は買ってきたものを一緒に棚へ仕舞っている。ソニアの表情は明るい。息子の自分といるより楽しそうに感じるのは、思い違いなのだろうか。

「やっぱりあの店は二人で働くのでちょうどいいんだよなぁ」

店はミカが働く前は二人が切り盛りしていたのだし、仕込みを終わらせてしまえば、こうして抜けても困らないくらいの余裕がある。

気軽に休めるのは嬉しいが、替えの利かない自分だけの唯一無二な何かにも憧れる。だが、平凡な自分には縁のない話だ。

「竜騎士みたいな特別な何かなんて、僕には無理だよなぁ」

ぼんやりと、なりたい自分と現実の自分との隔たりを思う。規則正しく嵌《は》められた石畳に視線を落とした。そこに欠けた石は見当たらない。

「一人暮らしをして、自分の力で仕事をしたら一人前になれるかな……でも僕の精一杯は、シュリにとったらささやかなことでしかないんだろうな」

どう考えても、きらきらしいシュリの隣で見劣りする自分しか想像できない。街のみんなは優しいから何も言わないだろうけれど、それは大目に見てもらっているだけだ。

自分で自分を見合わないと思う事実は変わらない。零れそうになるため息を呑み込んだ。

「僕にできることを探そう。うん」

落ち込みそうになる気持ちを振り切るように、ミカは顔を上げ、歩幅をぐんと広げて歩き出した。

近所の住人たちに挨拶《あいさつ》をしつつ、緩やかな坂道を上っていく。

街並みを見渡せば、城壁の上部が、平屋の屋根の上からちらりと姿を覗かせる。特別高い城壁ではないが、この程度の高さがあれば充分だ。魔物が近寄れば街を縄張りにする竜が追い払うし、盗賊相手なら城壁の内外を巡回する騎士が駆けつけるまで持てばいい。

低い城壁は造り足しも楽な分、街の建物は過密にならずに済んでいる。小さくはあるが公園もあり、庭を持つ家も多かった。

街並みを眺めなら進むと、サムの叔母のフラーに「あら、ミカちゃん」と話しかけられる。杖をつき、腰を曲げて歩く彼女は、小さな花束を手提げに入れていた。挨拶すると、今日は亡くなった夫の命日なのだという。

「もういまは秋の終わりでしょう？　この時期は花が少ないから、毎年良い花を探すのが大変なのよ」

足を止め、フラーから墓前に供える花を用意する苦労をひと通り聞いた。

ゆったりとした口調の彼女の話にミカはにこやかに相槌を打ち、来年は家の中で献花用に鉢植えを置いてみてはどうかと、種類を一緒に考えるまでした。

それからも少し行けばまた別の住人に声をかけられ、挨拶とともに会釈《えしゃく》を返す。

街が大きくないのと店に出ているおかげか、顔見知りにはしょっちゅう行き会う。自分が知らずとも、『ボリスさんのデリカテッセンで働くミカ』を知る人は多い。

見守られているような気持ちになるのはいいけれど、どこへ行っても誰かしら自分を知る人がいるというのは少し息苦しくもある。

「街に知り合いが増えたから、一人の外出を許してもらえたのかな」

十七になってからは、街の中なら陽の出ている間に限り、一人で出かけられるようになった。それまでは誰かと一緒でなければ駄目だった。シュリが家を出てからは、気軽に出掛けられず不便だったが、ある日から許可されたのだ。

誕生日でも新年でもない、なんの区切りもない日で、ソニアとボリスの許可基準に疑問を覚えた記憶がある。

「僕の一人暮らしも、急に気が変わって許してくれたらいいんだけど」

街の中央にある教会と役所の脇を抜ければ、塔が見えてくる。

北側には騎士隊の詰め所がある。どの街でも詰め所の敷地内には必ず大きな塔が建てられており、その上階は竜のねぐらになるよう造られ、竜舎になっている。複数の竜が住む街もあれば、住む竜がいない街もある。そこは竜たちの気まぐれで決まるらしい。

騎士と契約しようとしまいと、竜が塔に住んでくれるだけで街は竜の縄張りになり、魔物よけの効果があるのだ。

竜は首の周りを覆う首鎧を好む。だからどの街でも塔に来てくれた竜には首鎧を贈るのがならわしだ。

古くて壊れてしまったり、そもそも首鎧を持っていなかったりする竜は新たな首鎧のためにしばし、といっても人間にとっては短くはない期間、塔で暮らす。

見上げていると、ちょうど竜が戻ってきたところだった。首の周りにはサンベルムの街で細工された赤銅色の首鎧が見える。大きなうろこの形状をした銅合金の板を重ねて綴《つづ》ったものだ。そこから手綱が伸びているから、人を騎乗させているようだ。

この街にいる竜騎士はシュリだけだ。大きな竜の下からでは見えないが、あそこにシュリが乗っているのだと思うと、誇らしさと同時にうらやましい気持ちになる。

「いいなぁ。竜なら海にも行けるのかな」

国の北部に位置するこの街から出たことのないミカにとって、南にあるという海は未知のものだ。本で読んだ話では、海はしょっぱくて大きな湖のようなものらしい。塩漬けになった魚なら店で扱うこともあるが、その程度しか知らない。

陽が落ちるまでに家に帰らねばならない生活は旅とは無縁で、海を見るなんて一生無理だろう。海は王都から南に下った先にある。任務でほかの街に行った経験があるシュリなら見ているかもしれない。

聞けばあっさり、あると言いそうだ。同時に『たかがそんなこと』をいちいち聞くなんてと思われるかもしれないと不安になる。

ミカが切望することがシュリにとって些事なのはほかにもありそうで、環境の差に、勝手に一人で寂しくなってしまった。


金物屋を覗き、こんにちはと声をかける。すぐに「いらっしゃい」と快活な女性が現れた。

「もしかしてあなた、南街のデリカテッセンで働いてるミカくん？　蜂蜜《はちみつ》を練ったお菓子みたいな髪色の可愛い男の子って君のことでしょ？」

どこでもすぐ身元がばれてしまう街の狭さに、ミカは安心とともに決められた役割からはみ出るなと禁じられているような気分になる。

不満とまではいかずとも、親しく思ってくれている人の優しさを無下にしてしまっている気もして、うっすらと罪悪感が募った。

ターヤと名乗った気さくな彼女はとても話しやすい。彼女に貸家を探していると話すと、すぐに帳面を持ってきてくれた。

「ミカくん、引っ越すの？」

「友人が探しているんです」

「それって竜騎士のシュリさん？　もうすぐ王太子殿下の巡幸があるから、部屋貸ししているところは、再来月以降じゃないと空かないわよ。従軍している騎士たちの大部分は数日で王都に帰るけど、それでも王太子様のお世話係とか近衛騎士様たちとか、結構な人数が残るもの」

巡幸の季節になるたび、宿屋や街の城塞に入りきらない人たちの部屋として、毎年借り上げられるのだそうだ。

「今年も巡幸にいらっしゃるんですね。サンベルムを気に入っていつも二週間も滞在なさるけど、今年もなのかな？」

「来月いっぱいまで押えているそうだから、そうでしょうね」

「再来月は、ちょっと長いなぁ」

それでも無いなら待つしかない。意気込んでいた分、ミカは力を落とす。帳面を繰っていたターヤの手がふと止まる。

「一軒家ならすぐに入居できるところがあるわ。家は小振りだけど庭があるのと、元の持ち主がお風呂に凝っていたらしくて、大きめの風呂場付きよ。だから広さの割に家賃が高くて、なかなか借り手が見つからないのよね」

「シュリは独身ですけど、二人で暮らせるくらいの部屋数はありますか？」

「ええ。ここならウチで鍵を預かってるから、いますぐ内見できるわよ」

早速頼むと、そのままターヤが貸家を案内してくれた。

さらに彼女は行き会った隣家の住人へミカを紹介し、竜騎士のシュリが家を探しているところだと話してくれた。

竜騎士なら庭に竜が降り立つこともあるだろうから、風で窓を震わせるかもと、ミカの気が回らないところまで心配して聞いてくれる。両隣の家の子どもはどちらも大きくなっているから、むしろ間近で竜を見られるなら喜ぶだろうと話が弾んだ。

その後、家の中を見せてもらう。家賃の安い高いはシュリに相談せねば判断できないものの、間取りも内装も問題ない。

「二階の窓から塔の頂上が見えるの。竜舎から飛び立つところが見えるわ。お勧めよ」

彼女が指さす先には、確かに竜の住まいになっている塔が見える。見晴らしがいいだろうそこは、地上からも見えやすい。

あっと小さく声を上げ、ミカは頂上の人影に目を凝らす。ターヤもすぐに気づいた。

「ちょうどどなたか騎士様が見えるわね。竜騎士のシュリさんかも」

塔の上には騎士服を着た人物が二人立っていた。左肩に掛けた、騎士を示すペリースをひらめかせている銀髪の男性が彼に違いない。かたわらには張り出た胸としっかりした腰つきの人物が寄り添うように立っていた。こちらもペリースを身につけているから、同僚の女性だろうか。

高みで並び立つ二人はとても絵になった。あそこにいるのがもし自分ならと想像しようとしたが、無理だった。貧弱なミカが同じ制服を着られるわけがない。そもそも、高い建物は三階建てまでしか上ったことがない。

「あんなに高いところなら、地上の街がちっぽけに見えるでしょうね」

ターヤの言葉に一瞬息が詰まる。ちっぽけな街のちっぽけな自分をつい想像してしまった。

大事な竜のいる場所だ。用もなければ、大して役にも立たない自分は、一生縁がなさそうだ。ミカには立ち入ることすらできない塔は、とても遠く見えた。

結局、同じ家を明日また二人で内見した上で決めることにした。

店の前まで一緒に帰り、ターヤに鍵を返して別れようとしたところで、ボリスに頼まれたおろし金を思い出す。

軽やかな足取りで店に戻った彼女は、おろし金を何種類か持ってきてくれ、道端で選んだりお金を払ったりどたばたしてしまった。

「ミカくん！　また明日！」

気の良い彼女に笑顔を作って手を振った。作った笑顔を貼り付けたまま、街の緩い坂道をくだる。

新しい家に引っ越すのは楽しみだが、近くて遠く見える塔を毎日目にするのは辛いかもしれないと、後ろ向きな気持ちが頭を掠める。

シュリとは違うのだからしょうがない。こんなことでいちいち落ち込んでいたらきりがない。

「これぐらい平気にならなくちゃ」

前向きになろうと、ミカは自分に言い聞かせた。


翌朝、ボリスに体調が悪いから店を休むと言われた。

それならシュリと出掛けるのをやめ、代わりに料理を作って店を開けると言ったが、危ないから一人で火の扱いはさせられないと断られた。ソニアもいるので平気だと粘ったが、許可してもらえなかった。半人前と言われたも同然で悔しい。

ボリスはこれから医者に行くそうだ。顔色は良いようだが、少し苛立って見える。

朝の仕込みがなくなり、暇を持て余しながら待っていると、迎えに来たシュリはなぜか騎士服姿だった。しかも下ろしたばかりの新品に見える。非番のときは持ち歩かない剣も腰に提げていた。

また前のボタンが開いている。仕方なく、チョーカーが見える程度に残して、ボタンを留めてやった。

「シュリ、今日は休みじゃなかったの？　休日はいつも普通のズボンとシャツで来てたよね？」

「今日は教会に行くからな」

騎士姿の彼と、仕事で油染みをつけたズボンの自分ではあまりに差があるだろうかと悩む。

昨日シュリとの違いを気にしないと決意したばかりだ。しかし、やっぱり気になってしまうので着替えることにした。一日も持たない意思の弱さを情けなく思いつつ、三階の自室に向かう。

一階の店内に残されたシュリはちょうど下りてきたボリスと顔を合わせたが、視線を交わして頷いただけで会話らしき会話もない。ミカもソニアもいなければ、二人はいつもこんな感じだ。

三階では、ソニアが窓を開けて掃除をしていた。

「ボリスさんとシュリの間って、なんかいつも緊張感があるよね？　育て親とその子どもなのに、僕への態度と違いすぎるのはなんでだろう？」

「嫁と姑みたいなものだから仕方ないのよ」

不思議がるミカへ、母は微笑する。ミカにはなぜ彼が嫁に例えられるのか、この場合、夫は誰になるのか聞きたかったが、先にソニアにシュリを待たせすぎないよう釘を刺され、尋ね損ねてしまった。

「シュリくんが一緒なら、城壁の外に出掛けてもいいのよ？　毎日狭い店の中ばかりで、気が詰まるでしょう？」

ミカは汚れもほつれもないベストとズボンを探し、手早く着替える。

「部屋を決めたらシュリが教会に行きたいって言ってたから、遠出はしないよ」

「彼、そんなに信心深かったかしら？　それなら、昔よく一緒に遊んでたルーイくんのお父様がやってらっしゃるレストランで食べてきたら？」

「しばらくルーイに会ってないから、顔出してみるよ。では母さま、いってまいります」

上着を羽織り、沈黙が漂っているだろう一階へ戻れば案の定で、意識して明るい声で「いってきます」とボリスに告げた。

いつものように日没前に戻る約束をして、店を出る。

二人で大きな通りを北へ向かって歩き始めた。まっすぐな通りは見通しが良く、竜舎がある塔も小さく見える。

「昨日、竜に乗って塔に降り立つところを見たよ。いつも日中は店で働いてるから、あんまり見る機会がないんだよね」

晩秋を迎え、いつ雪が降ってもおかしくない寒さに首をすくめる。ぶるりと震えると、シュリに腰を引き寄せられた。ピタリと寄り添って歩くと、いくらか寒さが和らぐ。

「ねぇ、シュリってば。聞いてる？」

「あぁ」

返事をしたものの、何か思い詰めた表情で上の空だ。もしかして急な出動が入りそうなのだろうか。だから休日なのに騎士服を着て帯剣までしているのかと聞いたら、違うと首を振られる。

元々多弁な男ではない。気にせず、話題を変えた。

「シュリって海、見たことある？」

「……ある」

数瞬の間ののち、答えが返ってくる。ミカなら興奮してすぐに誰かへ話すだろうに、彼はそうではないらしい。クールなシュリらしいといえる。海を見たことがあるか知りたがる自分が子どもっぽい気がして恥ずかしくなった。それでも小さな街から出たことがないミカの好奇心は抑えられない。

「王都より南にあるんでしょう？　シュリは王都に行ったことってあったっけ？」

「任務では、ない」

「じゃあ、いつ海まで行ったの？」

「それは……いまはできれば回答を控えたい」

「忘れたってこと？」

「忘れたわけではないが……」

曖昧《あいまい》な言い回しをするのは珍しい。普段の彼なら、正直すぎるくらい耳に痛いこともはっきり口にする。

「僕がうらやましがると思って、見たのをごまかしてるの？　僕に海に行きたいってわがまま言われたら困るからでしょ？」

「そういうわけではない」

シュリができても自分にはできないことがある、その区別ぐらいつくからと胸の内で呟く。

子どものころ、目の前で竜が竜巻を作ってくれたことを思い出した。あのときは、自分が普通にも届かないほど無力な大人になるとは思っていなかった。

「昔は空を見上げるたびに竜を見かけたものだけれど、いまは数が減ったのかなぁ。めったに見かけなくなったね。僕を気に入ってくれる竜が世界のどこかにいたらいいな。そしたら僕も竜に乗って海に行けるかな」

「竜はこの街ではなく、ほかへ行っているだけだ。数が減ったわけではない」

「そっか。僕が知らないだけだね。僕から見えないだけで、ちゃんと竜はいるのか。もし僕とお話ししてくれる竜に出会えたら、海に連れていってほしいってお願いするんだけどな。王都も一度でいいから見物してみたいし。門限があるのに旅なんて無理だろうけどね」

一瞬だけ本音を口にし、すぐに打ち消した。本当は竜ではなく、シュリに連れていってもらいたかった。彼と一緒に旅ができたら、どれほど楽しいだろうか。

街唯一の貴重な竜騎士相手に、ただの幼馴染みがそんな図々しいお願いをするわけにはいかない。シュリは甘いから真剣に検討してくれそうだが、彼の迷惑にはなりたくなかった。

『幼馴染みのミカ』という役からはみ出さないよう、笑顔の形で頰を引き上げた。だが、幼馴染みには筒抜けらしく、鼻先をちょんと押される。

「無理に笑うな。我が騎士を辞めれば、いますぐお前を海にも王都にも、どこへだって連れていける」

そうなれば竜との契約も終わるだろうに、できないと言いたくないのか、あくまでできると意地を張っているように見えた。

「気持ちだけもらっておくよ。言葉にしてみただけで、本当にわがままを言う気はないんだ。みんなを困らせちゃうからね。僕の戯《ざ》れ言《ごと》に付き合ってくれてありがと」

本気で戯言《たわごと》に付き合ってくれるのが、彼の優しさだ。今度は心からの微笑みを、口元に乗せる。

「我の腕を摑んで歩くといい」

不意に曲げた腕を差し出し、摑まれと言う。ミカが落ち込んでいるのを察して慰めてくれているのだろうかと思いつつ、紺の制服を軽く握った。

歩みを進めていると、自分たちと同年代の若い夫婦が小さな子どもの手を引いて通り過ぎていった。

街で唯一の竜騎士は、街のみんなから一目置かれている。いまは自分に向けられている優しさが、いつか彼が作るであろう家族に向けられる未来が頭に浮かんだ。

「……そういえばこれから行く家、二階から塔の頂上がよく見えるんだ。昨日見上げたら、シュリが誰かと二人で立ってるのが見えたよ」

何げない風を装いながら、探りを入れる。誰といようとシュリの勝手なのに、いちいち知りたがる自分が浅ましく思えた。

「アーリンだな。少し話をしていた」

「やっぱり女性なんだね。そっか。ええと、あのさ、騎士なら竜騎士でなくとも、海が見えるくらい遠くに行くことはあるのかな。伝令で走ることもありそうだね」

気落ちした自分を知られぬよう、話題をむりやり海に戻した。思いつくまま浅薄《あさはか》な言葉を並べつつ、女性騎士と立っていた、昨日の風景を思い返す。

当たり前のことだけれど、女性で騎士の彼女と自分では、比べる必要もないほど一目瞭然《いちもくりょうぜん》だ。あえてなにがとまでは言葉にせず、ぼんやり考える。

「優秀な騎士は王都に呼ばれたり、ほかの街に赴任を命じられたりすることもあるからな。海辺の街に赴任すれば、目にすることもあるだろう」

「だよね……」

律儀に答える彼の話に、相槌を打つ。思わず声に寂しさが滲んだが、シュリは気づいていないようだった。

「その、話は変わるが、ミカ……我に隠し事をしていないか？」

「どうしたの？　シュリ、なんかあった？」

まさか、このもやもやとした嫉妬と羨望の気持ちを隠し事と言っているわけではあるまい。たかが総菜屋の店員の身に起きていることで、竜騎士へ秘密にせねばならぬものなど、あるわけがなかった。

「隠し事はやめてくれ。どんなにお前が愛らしく、万人に愛される心と容姿を持っているとしても、我は番の浮気は許せない」

「浮気？　なんの話？」

唐突な流れに、いつのまに話を聞き逃していたのだろうかと首を傾げる。

「我と夫婦になるのではないのか？」

フウフの音が何を意味するのか、一瞬理解が遅れた。

「それってメオトの夫婦のこと？　僕が？　うそ、なんで？」

嘘の言葉に、シュリがくわっと目を剝く。

「嘘ではない！　お前は我と番うと誓ったではないか!!　『二人で寿命を分かち、死ぬまでともに生きたい』という言葉を受け入れてくれたのはつい三日前だぞ」

驚くほど強い力で両肩を摑まれる。シュリの気迫に、足が止まった。

彼の言葉を脳内で繰り返す。意味を理解した途端、胸の内がわっと沸き立った。同時に、自分が都合よく誤解しているのではと不安になる。

聞き間違いだったなら、ぬか喜びした自分に落ち込みそうだ。あれこれと混乱しつつ、恐る恐る確認する。

「それって、もしかしてプロポーズだったの？」

この国では同性婚は珍しくない。家の跡取りなど、子孫を残すことを迫られる立場でない限り、こだわる者は少ない。

むしろ子どもたちに分け与えられるほどの農地や資産がなければ、同性婚の方が歓迎されることもあった。

「………もしや、教会に一緒に行く意味も分かっていないのか？」

たっぷりの間のあと、今度はシュリから恐る恐る問われる。

「新品の騎士服で今日来たのって……正装だから？」

喜びと動揺でくらくらしながら、同じく動揺の色を浮かべる彼を見上げた。

「なんてことだ。渾身《こんしん》の求愛が通じていなかったとは。ということはやはり、ほかに結婚したい相手がいるのか？　そうなのか⁉」

怒りを感じさせるほど異常な早口でまくし立てられ、ぎょっとしてあとずさる。あたりを見ると、大通りから小道に入ったせいか、幸い人影がない。困惑しつつも、街中から一目置かれる竜騎士が自分のせいで恥を晒すことになってほしくないと、声をひそめた。

「シュリ、僕のこと好きだったの？」

「当たり前だ。ソニア殿もボリスも我の気持ちを知っている。出会ったときにお前を口説いたら、大人になるまで待てと説得されたからな。十二年待ったのだ。土壇場でボリスに口出しされるわけにはいかない。だから教会で誓い合ってから報告すれば面倒がないと思ったのだ」

「え？　母さまもボリスさんも結婚を承知してるってこと？」

十二年前からとはどういう意味かと、ミカは混乱を深める。

「二人には話していない。我が求婚しているのはお前だ。二人にはあとで報告すればいい」

「結婚って言われても……シュリは僕を友人でも幼馴染みでもなく、そういう対象で見てたってこと？」

嬉しいのに恥ずかしいような、うずうずとした気持ちが湧き上がる。シュリに好かれるのはとても嬉しいが、『嬉しい』の出どころが自分でもよく分からない。

幼馴染みだから嬉しいだけとは違う。それは自覚がある。だが、街のみんなに認められている竜騎士から好かれているから嬉しい、という感情と何が違うのかよく分からない。

「我はお前の友であり恋人であり夫、そして生涯の保護者でありたいと思っている。ミカ、ともに添い遂げよう」

「結婚はさすがに、いきなりは無理だよ」

少々申し訳ない気はするが、唐突すぎて頭も気持ちも追いつかない。

「やはり我以外にも恋人がいるのか？　昨日、指輪を贈り合っているのを見たぞ」

シュリがまたよく分からないことを言い始める。

「恋人なんていないし、指輪ももらってもあげてもいないよ。そんな相手がいたら、ボリスさんがすぐ嗅ぎつけて騒いでるってば」

何げに二人がすでに恋人だという前提になっていると気づいたが、指摘したらまた話がこんがらがりそうだ。

「黒髪の女性と一緒に歩いていたではないか」

「それは、部屋を紹介してくれたお店の娘さんだよ。家を案内してもらってたんだ。今日も店にいると思うよ」

「では、交換し合っていたキラキラしたものはなんだ？　ドゥドゥは金属じゃないかと話していたぞ。あれは指輪であろう？」

「ボリスさんに頼まれたおろし金を、彼女の金物屋から買ったんだよ。代金のコインを渡したから、互いに金属でできたものを交換したことになるね。あとは内見した部屋の鍵を返したときかな」

「おろし金？　ガーリックやジンジャーを擂《す》るあれか？」

真剣な表情でスリスリと擂りおろす手つきを目の前で再現され、苦笑して頷く。

「そんなに焦った顔をしたシュリ、初めて見る」

可笑しいと思うのに、うまく笑えなかった。むしろもじもじして、見たくもない靴のつま先を見てしまうのはなぜだろう。

「良かった、もう結婚してもらえないかと思っていた」

「だからいきなり結婚はないってば」

信じられぬものを見たとばかりに、驚愕の表情を浮かべられる。

「まさかそれは我がフラれたということか？　番えぬと？　ミカ、我を愛しているのだろう？」

確信たっぷりの強気な発言に、ミカは困ってしまう。

「どうなれば愛してることになるの？　僕にとってシュリはシュリで……だから、愛とか好きとか、そういう次元じゃないんだよ」

「それほどまでに我の愛を感じていなかったのか？　我は十二年前から愛しているのに！」

外にも関わらず声を張り上げる。少しでもなだめようと、道の端の物陰へ彼を押し込み、喉元の赤珊瑚のチョーカーに手を伸ばしてするりと撫でた。人差し指を潜り込ませ、喉にあるうろこに触れる。

「落ち着いてシュリ」

「う、うろこでなだめるな。いまの我には逆効果だぞ」

腰に手を回したシュリにくるりと身体を入れ替えられ、壁に背を押し付けられた。彼の身体で囲われてしまった形だ。

厚みのある胸が眼前に迫り、自分とは違う体臭を鼻先で感じた。途端に頬が熱くなる。赤らんだに違いない顔を伏せると、顎に手が添えられ、上向かされた。

怖いほど力のこもった視線が、近距離からミカを射貫く。

おまじないと称して抱き合うのは平気なのに、いまは逃げ出したくてしょうがない。

「……僕のこと好きなの？　幼馴染みとしてじゃなく？」

沈黙に耐えられず、また同じことを聞く。声が上擦り、囁くような声量になってしまった。

「愛している。千年の時をともに生きたいのはミカだけだ」

「千年か。壮大だね」

照れ隠しで、彼らしい変わった言い回しにだけ反応した。

シュリは黙って、深い赤の交じった瞳を瞬かせる。こころなしか、向けられる視線が柔らかくなる。

――『愛している』への答え、言わなきゃだめだよね。

自分の気持ちを整理するため、まずは現状の理解に努めることにする。

「騎士隊には僕よりシュリと話の合う人もいるでしょう？　二人きりで話すくらい親しい相手だっているよね？」

昨日見た、塔の上で寄り添っていた人物を暗にほのめかす。

「それはあり得ない。長い生涯の中で、最初で最後の恋なのだ。駄目なら一生一人で生きるしかない」

「極端だなぁ……」

街では二度目三度目の再婚をしている夫婦もいる。ミカだって恋というものがどんなものか、本で読んだり、噂話で聞いたりしたことぐらいある。人それぞれだと感じていたので、シュリの重すぎる結婚観を否定する気もない。浮ついたタイプではないと思っていたから、予想外というわけでもない。

「分かっていなかったのなら、再度求婚させてくれ。ミカ、結婚しよう。できればいますぐ、この足で行かないか？　ほら教会はすぐそこだぞ？　人は教会で儀式をするのだろう？」

なんとしてでもと強い意思を滲ませ、眉をひそめて迫られる。

駄々をこねる子どもでもあるまいし、近くだから頑張ってみるかなどと思う問題でもない。

「ちょっと待って。教会には行かないってば！　待ってよ！」

身体ごと持ち上げて運ぼうとする手をぺちぺち叩いて嫌がる。街唯一の竜騎士は不貞腐《ふてくさ》れた顔で、渋々放してくれた。

「前向きに考えろ」

圧までかけられる。プロポーズとはこのようなものだったろうか。

「分かったよ。考えるから」

図らずも昨日決意した「前向き」の言葉を向けられる。深呼吸して、真剣になおかつ前向きに考えてみることにした。

結婚相手がシュリになる。多分悪くない。悪くないどころかかなり喜ばしいことだ。しかし、飛び上がって喜ぶというより、自分なんかには分不相応なのではないかと不安になった。

騎士見習いになりたいと言ったときだって、ミカには無理だと周りに引き留められた。結婚だって、周囲から心配ばかりされている自分がしていいものなのか。

「結婚はやっぱり無理じゃないかな」

ミカが考える間、シュリも考えをめぐらせていたのか、すかさず次善策が提示される。

「では婚約はどうだ？　人は番になる儀式として婚姻関係を結ぶが、さらにその前に婚約という契約をする場合もあるのだろう？」

「婚約より前の関係にすら、僕らまだなってないと思うけど」

「婚約より前なら恋人か？」

「普通の同居人兼友だちからやり直そうよ。そこがうまくいかないなら、恋人なんてなれないよ。いま流されて決めてしまったら、あとでやっぱり違ったって思ったとき、嘘をついてしまうことになるでしょう？」

「……うむ、嘘はだめだ」

ぎしっと音が立つほど歯を嚙み締めるシュリをじっと見つめる。

「人気者で有名人のシュリに好きだって言われたら、誰だって浮かれてしまうよ。それだけで頷いてしまうのは、誠実じゃないと思うんだ」

勢いだけで頷いていては、彼に迷惑をかけてしまう。そんな自分は受け入れられない。きっと逃げてしまいたくなる。逃げたら彼を傷つけてしまう。

「ミカは浮かれているのか？」

「ちょっとね。そりゃ嬉しいよ。だからこそ、いま決めるのはよくないと思う」

シュリの表情がわずかに明るくなった。それから細く長い息を吐く。

「分かった。仕方ない」

悄然《しょうぜん》としながら制服の上着を脱ぐ。それ以降、彼の足取りには落胆が滲み、気の毒に感じてしまった。

金物屋に着き、ターヤから鍵を借りた。

二人で昨日ミカが気に入った家を見る。シュリは寝室の場所と広さを確認すると、ここにしようと決めてくれた。

「ボリスさんが反対するだろうけど、必ず僕が説き伏せるから。同居人がいる生活を経験してからの方が、いきなり一人暮らしするより安心だと思ってくれるはずだよ。それにダメならやめてもっとうまくいく相手を探せるし」

家を出てターヤの店へ戻りつつ、今後を話し合う。最後にさらりと付け足したひと言に眉を吊り上げられる。

「ダメならやめるだと？　ほかの人間を番にするのか？」

誤解し、すぐにいきり立つ。プロポーズのときといい、これほど意思疎通に難があっては彼との結婚は無理なのではと思いつつ、それは思い違いだとなだめた。

「僕のことじゃないよ。シュリがってこと。僕はシュリと、あとはレストランをやってるルーイぐらいしか親しい人はいないし。みんな優しいけど、性格のせいか距離を置かれてるの分かるから、シュリほど分かり合える人は僕にはいないと思う」

シュリはなぜだか気づいていないが、彼の方がたくさんの選択肢を持っているのは明らかだ。それに比べ、自分が持てる選択肢はほんの少しだ。

「ミカのそばへいる条件として、ボリスは竜騎士になれと言うからな。我以外にお前の隣にいられる者はいない」

そんな条件では当たり前だと苦笑する。ミカが選べる未来がとても狭いことを明るく表現してくれて、救われた気持ちになった。

「僕が頼りないから、ボリスさんが過保護になっちゃったんだよ。口うるさいけど、ボリスさんは僕と母さまを守ろうと親身になってくれる良い人だもの。だからこそ、一生僕たちの面倒を見るだけで終わってほしくないんだ」

自分の将来の狭さばかり嘆くなんておかしなことだ。ソニアやボリスの未来を広げるためにも、二人の手から離れるべきだと改めて決意する。

「シュリの休みは巡幸があるからしばらくないっていうし、もう今日話しちゃおうか」

「ボリスが首を縦に振らない場合は、剣で勝負して我の力を思い知らせよう」

「そんなに気負わなきゃいけないもの？」

急に気力が漲《みなぎ》り始めたシュリとともに、不動産兼金物屋に戻った。

契約と前金の支払いを済ませ、ターヤへ鍵を返した。住人が増えた場合、承諾をもらう必要があるかと聞いたら、「もしかして二人で一緒に住むの？」と聞かれ、おずおずと頷く。

「同棲するのだ」

シュリが誇らしげに応え、慌てて訂正した。

「友人との同居だからね！」

匂わされてはいるが、あくまで友人なのだと自分に言い聞かす。妙に狼狽え、落ち着かない。こそばゆさにターヤから視線を逸らしてしまった。

彼女はしばし呆気《あっけ》に取られていたが、こちらに伝える規則はないから自由にしていいと言ってくれた。


ボリスの耳は早い。

「ミカ、あいつの家に一緒に住むというのは本当か？　しかも結婚だなんて、俺が去年家を出るのを許さなかったのが原因か？　だとしたら一人暮らしを許せば思いとどまってくれるのか？　本気であいつと結婚したいわけじゃないよな？」

友人のルーイの店で昼食をとったのち、早めに家に戻ると親の仇にでも会ったような形相で待ち構えていた。

否定しようしたら、シュリが大体合っていると言い出すのでミカは慌ててしまった。

「ただの友だちとしての同居だから！」

「ただの、ではない。結婚を前提にした友人だ」

固い決意なのは伝わってくるが、勝手に断言しないでほしい。プロポーズを保留にしているから間違ってはいないが、要約が雑すぎる。

「シュリと一緒に住むことと、家を出て独り立ちしたいって話は関係ないからね」

ボリスにとりあえず最初の質問以外は違うと言うと、シュリから不服そうな視線を向けられた。

重苦しい雰囲気で押し黙る三人へ、ソニアが今日作ったタフィーがあるからと、二階の食堂へ促す。

子どものころから馴染んだ菓子を目にすると、束の間空気が和んだ。

「実はね、あんまりボリスさんが厳しいから、シュリくんが好きだって嘘をついて連れ出してもらおうとしたのかと心配していたの。違ったみたいで安心したわ」

そう言ったソニアの前へボリスがお茶のカップを置く。

斜め前に座ったシュリは、普段通り小皿に菓子を取り分け、自分とミカの分をお茶と一緒に運んでくる。食事のたびにボリスがソニアへ給仕するせいか、シュリもミカを世話するのが当たり前になっていた。

「僕が嘘をつくと思ったの？　嘘は悪いことでしょう？」

ミカの言葉に、ボリスがぎこちなく視線を外す。ソニアはまっすぐ見つめ返した。

「自分のためにつく嘘は良くないわ。でも一番大事なものを守るためなら、私は嘘をついていいと思っているの。嘘は非力な人間の知恵よ。とくに鋭い爪も剣の腕もない私にはね」

「知恵？」

「誓って自分のために嘘をついたことはないわ。あなたも嘘をつきたくなることがこの先あるかもしれない。嘘だけじゃない。世間から非難されることをしてでも守りたいものができたときは、いつだって私はあなたの味方ですからね」

シュリにたしなめられた、作り笑いのことが思い浮かんだ。相手を心配させたくないためとはいえ、あれも嘘になるのだろう。どれほど清廉《せいれん》な人生を歩もうとも、嘘をついたことのない人間はいないのかもしれない。

「そうだね……でも、誓って母さまを悲しませるようなことはしないから」

タフィーを一枚手に取る。小さなころから何度も作ってもらった思い出の菓子は、ソニアの愛情そのものに感じる。

「ミカ、あなたも大人になってよいころなのかもしれないわね」

「僕はとっくに大人だよ」

そう言ってタフィーをかじった。ぽろりと零れた破片が胸元に落ちたのを黙ってシュリが拾い、ミカの口元に差し出す。当たり前のようにミカがぱかりと口を開け、ひょいと舌先へ乗せてくれるところまでが、いつもの風景だ。

「シュリくんにプロポーズされたのでしょう？」

「うん、答えはまだ出せてないけど」

シュリはソニアへ身体を向け、改めて次第を報告した。

「ミカと我は恋人を経て結婚する前提で友人になった。寿命を分け合い、ともに死ぬまで二人で生きてほしいという我の求愛を彼は検討しているところだ」

堂々とした発言にボリスは「ついにこの日が来てしまった」と嘆き、ソニアは「あらあら友人、そういう友人なのね」とほんわかと頬をほころばせる。

「ミカ、もちろん断ったのだろう？　そんな前提にしたつもりはないと、シュリ殿の妄言だと言ってくれ！」

「妄言じゃないよ。断ってもいない。そもそも恋人以前にまずは友人からって頼んだんだ。結婚も恋人もまだよく分からないし」

ソニアとボリスが視線を合わせる。二人は戸惑っているのだろうとミカは思う。

いくら幼馴染みでも、竜騎士のシュリと自分では釣り合わないから苦労しそうだとでも心配しているのだろうか。

「ミカ、決めたわけではないのね？」

母の言葉に頷く。

「兄弟みたいに育ったからお互い気を許してるだけで、うまくいくか分からないよ」

「そう思っていたのはミカだけよ。シュリくんは出会ったときからあなたに付きまとって口説いていたから、いつかこうなると覚悟していたわ」

そんなふうに母が考えていたとは思わず、驚いた。

「最初は僕がシュリの世話をしてたよ？　二人ともあの子は平気だからって、一人で家の外に出ようとしても止めないし、僕が街で暮らすための約束事を教えたのに」

「シュリくんはとても頑丈な子だったから心配してなかったの。それにミカが自分の方がお兄ちゃんだからって、楽しそうにシュリくんのお世話をしていたのが可愛くて」

ソニアは昔を振り返って相好を崩す。

「ミカ、本当にいいのか？　嫌なら断れ。シュリ殿はお前が嫌がるなら無理強いはしない男だ。おそらく」

ボリスはまだ諦めていないらしい。嫌じゃないと答えると、サンベルムの秘宝が奪われてしまうとミカにはよく分からないことを呟き、悲しそうな顔をされてしまった。

「いまは友人だがいずれ恋人に、そして嫁になる」

勝ち誇った顔のシュリが話を戻す。

「シュリ殿、手を出したのではないだろうな?」

長年父親代わりにミカを見守ってきたボリスは、勝手は許さないと語気を強めた。

「どこまですれば手を出したことになるのか、まずは定義を教えてもらおうか」

顎を上げて相手を見遣る姿に尊大さが漂う。

「いかにシュリ殿であろうと、我らの宝を勝手に奪うのは許さぬからな!」

頭に血を上らせたボリスが怒鳴ってもシュリは平然と返す。

「ともに暮らした七年分の礼儀は尽くしている。だからこそ、こうして人間の手順を踏んでいるのだ」

聞き馴染みのない言葉に、ミカはソニアへ説明を請う。

「手を出すって何? どっちが手を出すとか出されたとかあるの?」

「先に近寄った方、かしら?」

うふふと笑う母は楽しそうだ。ボリスは額に手を当て、首を振る。

「ソニア殿、答えなくて結構です。品のない表現だった、撤回する」

「いや、ボリスの懸念はもっともだ。誓って繁殖行動はしていない。安堵するがいい」

「繁殖? 子どもって男女の間にできるものでしょ?」

女性の身体の作りすら知らぬミカの声音は真剣だ。

「ミカ、いまのはね、シュリくんが言ったのは、えーと——」

「ソニア殿、詳しくご説明なさらなくて結構です!」

口元に手を当て、ソニアが「あら」と呟く。「結婚を前提にした友人」を自負するシュリが生真面目に解説してくれた。

「我らの繁殖行為は子を生《な》すためだけのものではない。愛を育み愛おしむものだと心得てもらいたい」

「はぐくむ……へぇ」

ぼんやりと相槌を打つ姿に、ボリスもソニアもミカが清らかであることを察する。ボリスはあからさまに胸を撫で下ろしていた。

誰のせいか分からないが、脱線しがちな話し合いをミカなりに前進させようと、改めて提案する。

「僕、この家を出ていいかな？　ボリスさん、ダメ？」

「絶対ダメだ。シュリ殿が仕事に出ている間、一人になってしまうじゃないか。何かあっては大変だ」

「新しい仕事も探したかったんだけど」

ついでにポロリと零すと、案の定、眉を吊り上げて否定された。

「絶対だめだ！」

「どっちも僕はしちゃだめなの？　僕ってそんなに何もできないくらいダメな人間？」

「ダメなわけではないが、一人にするわけにはいかない」

「不器用で苦労するとしても、もっといろんな経験をしてみたい。そうすれば僕だって年相応にしっかりするんだよね。ボリスさんに心配かけないぐらいしっかりすれば、一人暮らしもできるようになると思うんだ」

「一人暮らしだと⁉」

とんでもないと、ボリスの眉がさらに吊り上がる。

「シュリの家はダメなんでしょ？」

「ミカ、もう我らの甘い生活を諦めたのか！」

シュリが悲痛な声で嘆く。

「だってさっき絶対ダメだってボリスさんが。だからせめて仕事だけでも変えたいなって。それに一緒に住まなくとも友人なのは変わらないし、恋人にだってなれるでしょ？　結婚だって、急いでしなきゃいけないわけじゃない」

「それはそうだが……我は決してお前を諦めないぞ」

シュリもボリスもショックを受けた顔で、しばし黙る。その隙にミカは母の意見を聞いてみる。

「母さま、せめてどちらかでも許してほしいんだ。どうかな？」

「何かやりたいことが決まっているの？」

母の問いに、金茶の瞳を輝かせる。

「僕、本当は旅に出たい。そのお金を貯めたいんだ。ボリスさんのお店は、二人だけでも充分回せるでしょう？　旅先でお金が無くなったらどこでも働けるように、経験も積んでおきたい」

「旅なんて危険なこと、絶対だめだ！」

ボリスの言葉を取り合わず、母へ質問を重ねた。

「母さまは海を見たことがある？」

「そうねぇ、どうだったかしら」

「ミカ、俺の話を聞け！　だいたい――」

喚くボリスにソニアが手を上げた。ぴたりと抗議がやむ。

「ボリスさんもういいわ。二人の同棲を認めてあげましょう？　いつまでも籠の中の鳥にはしておけないもの。シュリくんがそばについてくれるなら安心だわ」

「だが、シュリ殿はミカを嫁にすると言うような奴ですよ！」

同棲じゃなくて同居だとミカは正したかったが、ボリスの剣幕を見ればそれどころではなく、訂正を諦める。

「シュリくんはこれまでもこの子を大事にしてくれたわ。これからはもっともっと大切にしてくれるのよね？」

ソニアに顔を向けられると、シュリは手を胸に当てて頷く。

「無論です。ソニア殿」

「泣かせるような目にあわせないでね？　私の愛する大事な息子なの。この子を守るためならいつだって命を差し出すつもりで育ててきたのよ。台無しにしないでね」

穏やかな声音だが、言葉は重い。

「僕も母さまのこと愛してる。僕の一番は母さまだよ」

ミカが席を立ってソニアへ抱きつくと、耳に馴染んだ笑い声とともに抱き締め返される。

「まだシュリくんに勝てているようで嬉しいわ。シュリくん、頑張ってね」

ソニアの言葉で同居を許可される。ボリスはせめてとばかりに仕事は変えずに、毎日店に来るよう主張した。

「家で一人きりは危険だ。シュリ殿が休みの日の朝に迎えに来て、夕方ここへ送り届けるといい」

「それだと、シュリが休みの日に家へ遊びに行くのと同じだよね」

冷静に指摘すると、気まずそうにボリスが口を閉じる。

「毎朝、出勤前にここへ送ろう。仕事が終わってから迎えに来れば、家に一人きりになることはないだろう」

シュリの提案は渋々ながら受け入れられ、その数日後、二人の同居生活が始まった。


街の中心を貫く大通りに人々の歓声が響き渡る。

天から舞い落ちる小雪が白い花びらを思わせ、隊列に華を添えた。

歓迎の声が向けられているのは、王太子一行だ。

白馬にまたがり、銀の鎧に兜を深くかぶった背の高い男性が、アダム・モドア・リンドローム王太子だ。濃い黄金色の美しい長髪を揺らす姿が、観衆の視線を集める。

先導するのは、迎えに出たサンベルムの騎士たちだ。王太子の後ろに続くのは巡幸に随行する近衛騎士と、各街の財政を監査及び指導する監察官、街の行政官では扱いきれない問題や住民からの苦情を受ける文官たちが続く。さらにその後ろには各貴人たちを世話する侍従や使用人たちが続いた。

街の人々同様、ミカもまた沿道から一団を見ていた。

よく訓練された馬たちの歩みは乱れがなく、毛づやも輝いて見える。特に王太子が操る馬は目に眩しいほどの白馬で、誰を乗せているか自覚があるのか、堂々とした歩みっぷりだった。

「今年はアダさんいるかな?」

後ろに続く、総勢百名ほどの随行員すべての顔を、ミカは注意深く見回す。

「いないなぁ。今年は連れてきてもらえなかったのかな?」

毎年、王太子が街に滞在する間だけ、ボリスのデリカテッセンに毎日のように訪れるアダという青年がいる。巡幸に付き従う文官の使用人だと本人が話していた。

最初に会ったのは三年前で、来るたびに店の料理を激賞し、さらにミカやソニアにも声をかけてくれるので、すぐに顔を憶えてしまった。

去年も店の料理を褒めに褒め倒し、ボリスを本気で照れさせていたのが可笑しかった。

仕えている文官は貴族の出なのか、妙に堅苦しい言葉でアダは話す。シュリの口調に似た話し方は、親近感をミカに与えていた。

ボリスが肩を回しながら、仕事に戻ろうと声をかける。

「殿下が滞在中は、役所も騎士隊も休みなしで動くし、街の連中も一行の世話で仕事が増える。そうなれば普段は自分で飯を用意してる家も、外食やうちを利用するからな。忙しくなるぞ」

「明日の朝出すサンドイッチの材料は、三割増しで注文したけど間に合うかな」

「スープの寸胴《ずんどう》は明日から一つ増やすのよね？」

「ええ、作る量を増やす代わりにメニューは絞りますから。ミカ、黒板のメニューを書き変えるのを忘れるなよ」

ソニアとミカとで口調を変えつつ、ボリスは指示を出していく。

「今日はシュリくん、遅くなるかしらね。それにしてもまさか騎竜したまま毎日迎えに来るなんて。すごいわね」

ソニアが空を見上げる。そこには竜に乗ったシュリが、城壁の外側をぐるりとなぞるように飛んでいた。

「ドゥドゥが僕を乗せていいって言ったらしいけど、僕なんかが竜に乗れる日が来るとは思わなかったよ」

　竜が籠に乗った人を運ぶことはあっても、自分が選んだ竜騎士以外を背中に乗せるなんて、元竜騎士のボリスも初めて見たと言っていた。シュリはたまたまミカを気に入ったからだと話していたから、彼の竜が珍しい性格なのかもしれない。

「いまでも自分の幸運が信じられないよ」

　うっとりと緑鱗の竜を眺める。あの美しい竜の背に今日も乗れるのかと思うと胸が弾んだ。

「いつだってあなたは特別よ。私の宝物だもの」

　無力な自分を嘆くことの多かったミカは、竜に乗れたことで少しだけ自信が持てるようになっていた。そのせいか、日ごろから向けられてきた母の愛に満ちた言葉が、すんなりと胸に沁みた。

「ありがとう。母さまも僕の特別で、宝物だよ」

　ソニアが何か言いたげな視線をよこす。シュリとのことを聞きたいのだと分かったが、あえて黙った。

　新居に移ってから二週間が経っている。

　特別な感情の存在を感じてはいるが、母への『好き』と言葉は同じでも色の違う『好き』に、まだ形を与えられずにいる。ただ、シュリのいない夜は寂しい。一緒に暮らす前はいないのが当たり前だったのに、おかしなことだ。

　引っ越し自体はあっさりと終わっていた。

　気軽にソニアのところに戻れるよう、着替えをいくつか運ぶだけで済んでしまった上に、雑貨類はすべて金物屋のターヤにそろえてもらっていた。

　そんなわけで、生活自体は思いのほか順調に過ぎている。

ボリスから何度も交わした話を再度問われる。

「街の騎士が殿下の警護に回る分、竜の巡回を増やすって言ってたから、日によっては夜も仕事だろう？　そのときはまたこっちに泊まるんだよな？」

「うん、夜の出勤前に僕をこっちに送るって」

心配性のボリスへ、律儀に答えた。

「なんだ、一度家に帰らせる気か？　そのまま泊まらせればいいだろうに。手間な男だな」

「寂しくないようにでしょ」

ソニアの言葉は主語がなく、曖昧だったが、ミカは自分のことを言い当てられた気がした。胸に手を当て、シュリもまた自分がいないと寂しく思ってくれているのだろうかと、ここにはいない彼の心の内を想像する。

「竜なら一瞬だものねぇ。私もドゥドゥくんに乗ってみたいわ。ミカ、良い同居人を持ったわねぇ」

不意に話を向けられ、慌てて頷く。つかの間、上の空だった自分を自覚する。

シュリが初めて店頭に竜で降り立った日を思い出し、あのときは大変だったと二人で笑い合う。

竜と一緒に迎えに来たシュリに、驚いた人たちが何事かと集まったが、説明するとみんな納得して帰っていった。街を守ってくれる竜は人々にとって大切なものだ。竜が嫌がっていないならば、それで構わないらしい。

ボリスが街の人に迷惑だと怒り、その指摘ももっともだったため、いまは狭いが裏庭を使っている。

一方、いくらドゥドゥがミカを気に入って乗せてくれるとしても、大事な竜をそんな個人的なことに使役して職権乱用じゃないかと心配したのはミカだけだった。

竜は自由意志で竜騎士と契約するだけで、隊に所属しているわけではないからとボリスに説明され、自分だけが無知なのを晒してしまい恥ずかしかった。

「ドゥドゥに行き会った人たちを驚かせちゃうけどね。でも最近はまたかって感じで驚く人が減ったよ。子どもたちからも指をさされなくなったから、みんな慣れてきたのかな」

人目を強烈に引いてしまうのは難点だが、空飛ぶ送迎は便利だ。それに、屋根に雪をうっすらと乗せたサンベルムの美しい街並みを見下ろしながら飛ぶのは気持ちが良い。

ドゥドゥは想像以上に人懐こく、可愛い竜だ。高い場所を飛ぶのはまだ緊張するが、シュリは背中からしっかりと抱き締めてくれるし、首鎧と繋がったベルトもあるので安心だ。ソニアもドゥドゥを気に入っている。

「あの子、ふんわり降り立って、とても上手ね」

「飛び立つときは、窓がガタガタ揺れてうるさいですけどね」

ボリスはちょっと辛口だ。

「ドゥドゥなりに工夫して飛んでくれているんだよ。ボリスさんは元竜騎士なのに、ドゥドゥに冷たい気がする」

「竜に冷たいんじゃなく、乗り手に厳しいだけだ」

「怖いお舅《しゅうと》さんでシュリくんは大変ねぇ」

のほほんとしたソニアの言葉に、ボリスはむすりと口を噤《つぐ》む。以前はしなかった素振りは、それだけ二人の距離が近くなったように見え、二人を応援するミカの気持ちを明るくさせた。

三人での夕食後、ミカを迎えに来た彼に、ソニアは家で食べてと料理を包んでくれた。

シュリが礼を言うと微笑み、裏庭に降り立った竜へ手を伸ばす。撫でてくれとばかりに緑の巨体は頭を下げた。

「ドゥドゥくんこんばんは。会えて嬉しいわ」

眉間を撫でられ、ドゥドゥは気持ち良さげにぐるると猫のように喉を鳴らす。牛六頭分はある巨体は、猫には程遠い。そんなドゥドゥがソニアの手に頭を擦りつけて彼女をよろめかせ、ボリスとシュリに小言をつかれていた。

夕食は四人で食べたり、持たせてもらったりしているせいか、なおさら家を出た感覚は薄い。寝る場所だけ変わった程度だ。

二人一緒に休日を過ごすとなれば別かもしれないが、家の契約をした日以降、シュリには休日がない。巡幸が終わるまで休めないと、さすがのシュリも憂鬱《ゆううつ》そうだった。

シュリはボリスに話があるのか、家の中へ入っていく。すぐ戻ると言われ、ミカもソニアの隣でドゥドゥの明るい緑のうろこを撫でて待った。

「小さな庭に降りるなんて、竜にとっては面倒だろうに、ありがとうねドゥドゥ」

ミカが話しかけると、太い喉の奥で、キュウと意外なほど可愛らしい鳴き声が上がる。

「いい子ね。あなたの緑のうろこはエメラルドみたいに綺麗で好きよ」

交互に褒めると、ひときわ大きく、ごろごろと喉が鳴った。

「母さま、エメラルドって宝石だよね？　それって緑色なの？」

高価な宝石の店は街にはない。ミカは行商人の露天商がくず石を売っていたのを思い出す。シュリに贈った赤珊瑚のチョーカーもそこで買った。水晶や真珠も並んでいたが、エメラルドは見たことがない。

「透き通った新緑の若葉色なのよ。昔もらったことがあったの。でも返しちゃった」

ソニアは星がまたたく空を眺めながら、寂しげに呟く。

「贈り物を返品するのは失礼なんじゃないの？」

「あなたさえいれば、あとは何も要らないって気づいたのよ。全部手放して良かったわ。おかげでここに来られたもの」

父親のことを言っているのだと気づく。彼女が自分の過去を口にするのは珍しい。

「じゃあ、僕は母さまに感謝するよ。宝石より僕を選んでくれてありがとう」

「当たり前じゃない。あなたを心から愛して大切にしてくれる人以外、誰にも触れさせたくないくらいよ。でも私の腕は細いから、ボリスさんやシュリくんの力を借りなきゃいけないのだけれど」

「二人とも良い人でよかったね」

「ミカは二人のことをどう思う？」

ソニアはやはりシュリとの関係が気になっているようだ。

「僕に心配性な父親がいたら、ボリスさんそっくりだと思うよ」

「シュリくんは？　彼も家族のような存在？」

まっすぐ向けられた母の視線にどきりとして、俯く。呼吸のたびにゆるやかに上下していたドゥドゥの身体がぴたりと動きを止めた。不思議に思っていると、口元を緩ませたソニアに脇をつつかれ、催促される。

「……少し違うかな」

どちらも過保護だけれど、ボリスは禁じて、シュリは支えてくれる。それに、眩しいものを見ているような気持ちになるのはシュリだけだ。

「それが何かはっきり分かるようになったら、あなたは好きなところへ行くといいわ。愛する人と一緒なら、私はどこにだってあなたを送り出せると思うの。寂しいけれど、私も子離れしないとね」

「母さまは、もう一度夫を持とうとは思わないの？」

ミカもまた、踏み込んだ問いを彼女へ向ける。

「曖昧なまま別れてしまったから、そのためにはもう一度あの人に会わねばならないでしょうね。そんなことをするくらいなら、私はこのままでいいわ」

きっぱりした母の言葉が胸を突く。自分にしかできない役目を見つけた気がした。

「旅に出られるくらいたくましくなったら、僕が代わりに行くよ」

改めて、一人前の男にならねばと心に刻む。ソニアはミカにそんなことを言われるとは思いもよらなかったのか、少し驚いた顔をした。撫でていた緑のうろこへ視線を落とし、しばらく物思いに沈んだのち、口を開く。

「そうね……そのときは頼もうかしら」

「僕、早く一人前になるね」

親愛の気持ちを伝えたくて、ミカは母を抱き締めた。

◆　◆　◆

「巡幸の警邏《けいら》といい、シュリ殿が竜騎士としての務めをこうも誠実に勤めるとは、信じられぬものがあるな」

ボリスが店の棚にもたれかかる。その表情はデリカテッセンの店主兼面倒見の良い大家のものから筆頭護衛騎士のそれに変わっていた。

現在、ソニアとミカの護衛騎士はボリス一人だが、三年前に王妃が亡くなるまで、刺客から二人の身を守るために配されていた騎士は常に複数名いた。

「愛しい魂の番が住む街なのだ。守るのもまた我の仕事だ。それより、王太子はさっそく明日、ミカとソニア殿の顔を見に来る気だぞ。伝言があった。今夜は歓迎の宴《うたげ》に出るが、明日は旅の疲れを理由に午後は休息をとることにしたそうだ」

身体の前で腕を組み、低い声で報告をする。基本、人間のルールに従うことにしているシュリだが、正体の知られているボリス相手なら、王太子にいちいち敬称を付ける必要はない。

「お忍びで街を歩き回られるということか。シュリ殿、ミカに正体をバラしていないでしょうな？」

一方のボリスはソニアには敬称を付けても、生まれたときからそばにいるミカには、護衛騎士の顔をしているいまも呼び捨てのままだ。

「問われれば正直に答えるが、竜なのかと聞かれたことがないからな。言っていない」

「前も話したが、あの子は二十歳だが色恋事は何も知らない。決して無理強いをしてはならぬぞ。ソニア殿が認めていなければ、いかに人に非ざるお方であろうと、無垢な天使を攫《さら》う貴殿に決闘を挑むところだ」

我が子同然に大事にしている王子の恋人立候補者へ、口うるさい舅の顔を覗かせる。

またその話かとシュリはうんざりしたが、ミカを思う気持ちは本物であり、彼が誠実な男であることはこの十二年でよく知っている。

「ミカが性に無知なのは、そなたが同世代の友人たちから引き離し、友情も恋情も持つ隙を与えなかったからだ。かわいそうに、ミカはいまでも己自身のことすら分かっておらぬ。そんな相手に無理強いするものか」

痛いところを指摘されたボリスは、つかの間言葉に詰まる。自分たちの努力の結果をかわいそうなどと評されては腹が立つが、ボリスにとっても彼はともに刺客を追い払い、ソニアたち親子二人が笑顔でいられる生活を守ってきた、信頼できる仲間だ。

「お生まれをお伝えしないのは陛下のご指示だ。陛下をお支えする臣下の一人として、違えるわけにはいかない」

「それはミカに対して自分は責任がないと逃げているように聞こえる。お前たちの都合であってあの者の都合ではないのだ。竜の方がまだ情があるぞ」

人生のすべてを親子のために捧げるボリスと、ミカへ身も心も寿命すら捧げたい、人間の姿をした竜は、互いに認め合いつつも慣れ合えぬ溝がある。

その溝の縁に立つたびに、険悪な雰囲気が二人の間に漂った。

「俺の主人はいまも陛下なのだ。ソニア殿のご実家は、竜に乗らねば辿り着けぬ、太古の森を越えた遠い土地。心細いお立場を守って差し上げねばならない。国内では亡くなられた王妃のご実家であるセム侯爵家の権勢がいまだ強い。俺は最後まで陛下の味方でいなければならぬ」

「この身が人間の姿である以上、人の秩序にある程度従うつもりだが、本来の我はお前たちと違って
その男となんのしがらみもない。母親殿から了承を得られた以上、あとは父親のリンドランド王へ直談判するだけだ」

「正体が竜だろうと、姿を変えられぬのなら、ただの一介の竜騎士。荒唐無稽《こうとうむけい》な話をまともに取り合う者はいない。俺が養子に迎えなければ、シュリ殿はミカの信頼を得られていなかっただろう。それを忘れぬように」

ふっと鼻先で笑ったシュリは顎を上げ、本来の姿を思わせる傲然《ごうぜん》とした表情を浮かべる。

「だからなんだ？　くだらぬ些事で我の意思が変わるわけがないだろう。魂の番に出会ったことは竜にとって奇跡同然だ。あの者が気に病まぬよう、人の秩序に従って親の許可を得ようとしているだけで、それが叶わぬからと番を諦めるわけがない。ミカさえ手に入れられるなら攫って、我の巣穴に閉じ込めてしまってもいいのだからな」

「そんなことをしたらミカに嫌われるぞ。ソニア殿が悲しむことをあの子は嫌う。それに竜の巣穴は太古の森の奥だとか。いくらあなたでもその姿では辿り着けない。人間の俺でも分かる」

ボリスに減らず口を叩くなと怒鳴りたいのを堪える。確かに、自分も頭に血が上りすぎて当たり前のことに気づけていなかった。

「ミカが我に応えられぬなら、我は竜の姿に戻り、独りで千年の時を生きるまでだ。ほかの竜へいたずらに戦いを挑んだり、気に入らぬ魔物を森ごと焼き払ったりと、ここへ来るまで気ままに生きてきた。またその暮らしに戻るのみ」

「そう結果を急がずともよいだろう。じきに王太子殿下が巡幸でいらっしゃる。マリウス隊長が言う通り、王太子殿下にまずはご相談を。殿下宛てに俺が紹介状を書いておいた」

それを王太子の元へ持っていけば、王へ取り次いでもらえるだろうとボリスは言う。まったく人間は回りくどい。

「これがこの国の第二王子が生きる世界なのだ。魂の番だというなら、あの子のために耐えてくれますな？」

仕方ないと呟き、封のされた書簡を受け取った。

「あなたの正体について書かせてもらった。王子の配偶者になるなら、もう俺一人の胸に納められない。初めは信じてもらえないだろうが、竜は嘘をつけない。適当にごまかすことはあなたにはできないだろう」

「聞かれればいつでも正直に答える。それはいまも昔も変わりない。この紹介状はもらっておこう。ミカは知らぬとはいえ、ソニア殿が気にするからな。それに真実を知ったとき、胸を痛ませるようなことはしたくない」

「お二人へ刺客を放った王妃様のお子が王太子殿下だ。あなたなら一発殴りたいところだろうが、礼を欠いて怒らせぬよう頼む」

森で拾われたシュリが、刺客の黒幕を初めて知った日のことをボリスは思い出し、にやりと笑う。シュリはボリスとソニアへ、王都へ行って王妃を殺してくると言い放ち、それを二人で引き留めた騒動があった。なんとか思いとどまってくれたが、怒りが消えたわけではないのは明らかだ。

「毎年見かけても殴りかかっていないのは知っているだろう？　まずは胤《たね》だけとはいえ兄に許可をも

らうのが先だ」

「胤だけなどと言うな。王太子殿下も引け目を感じているからこそ、ここに二週間滞在し、ソニア殿へ挨拶をかかさないのだ。ミカにも毎年お声をかけてくださる」

「分かっている。だから我もいままで殴らずにいてやっているのだ」

手に持った紹介状を胸に仕舞うと、竜王の別名を持つ男は、裏庭で待つミカとともに夜の空へ飛び立った。


ドゥドゥに二人で騎乗する。

固定させるため、ミカの身体を己に引き寄せ、互いにぴったりと寄り添わせて座る。腹部や腿の内側で感じる体温はささやかなものだが、そんな些細なことがシュリを幸せな気持ちにさせた。

ボリスに無理強いするなと言われたが、あの男は朴念仁に違いない。惚れているから無理強いできないということを知らないのだろうか。

今夜も寝台の中でこの体温とともに眠れるのだと静かに感動しつつ、同棲初日から今日までを振り返った。

最初の夜、勝手に寝台を一つしか用意しなかったのを非難されるかと思ったら、意外なことにミカは喜んでいた。横になってすぐにスウスウ寝息を立てたのを慌てて起こし、今日のまじないを忘れたと言い訳をして抱き締めたが、それ以上は進めなかった。

一つの寝台に眠る意味を知らないらしいミカへのアプローチを、ひと晩悩んで考えた。

二日目の夜、友人としての相性をミカに聞くと最高だと答えてくれたため、ならば次は恋人としての相性を試みようと提案した。

どう試すのかと清らかな瞳で問われ、恋人として相応のことをしようと説得し、接吻をした。

教会で結婚を誓ったカップルがしているのを見たことはあったそうだが、唇を舐《な》めたらひどくびっくりされてしまい、舌は入れられなかった。シュリの本能は粘膜で触れ合い、体液を啜《すす》り合たいと訴えていたものの、理性で堪えた。

嫌ならやめると確認したところ、顔を赤くし、無言で首を振っていた。おかげで翌日も続行できている。

三日目、ついに身体をまさぐった。すぐさま押し倒したいのを三日も待ったのだから、シュリとしては時間をかけたつもりだ。

唇の表面を舐めながら抱き締め、そこから自然な流れに持っていったはずが、急にべそべそ泣かれて中断した。お小水をするところが腫《は》れておかしくなったから、もう触らないでと言う。

ソニア殿との約束を早々に違えてしまったと反省しつつ、申し訳ないがあの愛らしさは百万個の宝石よりも価値があったとシュリはしみじみ思い返す。

腫れるのは誰でもなることだと自身のものを晒して見せると、「僕のと違う」と呆然《ぼうぜん》としていた。

その表情もまた、シュリが何度も反芻《はんすう》してしまうほど可愛らしいものだった。

驚かせてしまったせいか涙が引っ込んでくれて安心した。下着の中に手を入れて扱《しご》くと、あっけなく果てる。起床時に下着が濡れていたことはあっても、性器に触れて出したのは初めてらしく狼狽えていた。

四日目は竜騎士として夜の巡回をせねばならず、ミカをソニアの元へ戻さねばならなかった。一人で眠るのにこれほど胸が痛むとは、これまで生きた千年を振り返っても初めてのことだった。

五日目。情けないことだが、ひと晩離れただけで振り出しに戻ったようなぎこちない雰囲気になってしまった。なんとかキスはしたが、そこから先に進めない。もじもじしていると、真っ赤に赤面したミカから、一昨日のあれをもう一度してもらえないかとせがまれた。

想像をはるかに超える愛おしさに、心の内で身もだえた。無論否やはない。それから毎晩している。

そして知った途端に夢中になってしまった自分自身にミカは不安になっており、それもまた愛い。

これが愛をはぐくむ行為かと問われ、その一種だが全体から見ればまだ一割だと答えたら、色々あるんだねと感心していた。学習意欲があるようで、その前向きさもシュリには嬉しい。

そんなこれまでのことを思い出しつつ、にやにやと緩んだ顔で空を飛ぶ。

ものの数分で二人の家の庭にドゥドゥが降り立つ。朝の迎えを頼んで竜舎へ戻らせた。

「夕方、時間が空いたので風呂を焚いておいた。もう温いだろうから焚き直してくれるか?」

「やった、ありがとう! 任せて!」

風呂場の焚き口に小さく割った薪《まき》を持ち込み、ミカが残っていた火種で器用に火をおこす。鉄板が張られた浴槽の下に薪をくべる釜《かま》があり、湯の中を通した金属製の煙突とともに熱を水に伝える仕組みだ。

これまでは週に何度か井戸のそばに衝立をし、熱湯を薄めながら身体を洗っていた。ソニアは三階まで湯を運んで使っていたが、やはり身体を洗うだけでしかも毎日とはいかない。

そんな調子だったから、たっぷり熱い湯を使える風呂は好評で、とても気に入っているようだ。

風呂が沸くまでの間、シュリはもらってきた食事をとり、食器を洗う。

風呂の火をミカに見てもらっているうちに、二人分の洗濯にとりかかる。騎士服は隊内で洗濯屋に頼めるから、シュリのものは下着ぐらいしかない。ミカの服の方が仕事で汚れやすいので手間がかかるが、騎士見習いで家を出るまで、下着以外の仕事で汚れた服は二人が洗濯することになっていたため手際は良い。

「ミカ、そろそろ風呂へ入れるんじゃないか？」

早々に全裸になり、ミカを急かす。一度焚いたせいか、風呂場内の気温は温かい。

「二人一緒は狭くない？　僕、あとでいいよ」

ミカは一人で入りたがるが、毎日のうちのたった一度であろうと機会を逃すつもりはない。

「嫌なのか？　髪を洗ってやるぞ」

騎士の給金で買ってきた白い石鹸は、使うと髪がふわふわになって香りもいい。

「でも狭いし、髪は自分で洗えるから」

分かったと頷くと、金色の巻き毛の下の顔があからさまにほっと安堵する。

「では恋人として頼もう。我と一緒に風呂に入ってくれ。我々は恋人なのだろう？」

正直に頼むと、驚いた顔をされた。

「僕たち、まだ友だちでしょ？」

「我らは恋人のキスを毎晩のようにしているではないか。それ以上のこともな」

「あれってお試しじゃないの？」

赤味の強い唇がぽかんと丸く開く。可愛い口だと思いつつ、恋人ではなかったのかと、シュリもまた衝撃を受けていた。

「順調だと感じていたのは我だけだったのか。嫌ならやめると意思を確認したつもりだったが、恋人の認識なく行っていたのならば、再度確認しよう。恋人が嫌ならば……もう二度と……むむむ」

もう触れないとは言いたくなくて、唸る。ここでもしはっきり振られてしまったら、自分は竜体に戻ってしまうだろう。そうすれば、ミカのそばにはいられない。

「シュリ、僕が分かってなくてごめんね。友だちなのに、何度もあんなことしてるのはおかしいよね。二回目からはシュリだって試しだとは言わなかったのに」

「我と恋人になるのは嫌か？」

嘆願めいた声が出た。ミカを見れば、視線を外される。その仕草に血の気が引いたが、その頬が赤らんでいるのを見て期待を持った。次に、ふるふると頭を振って否定され、一瞬で血が湧き上がる。

「嫌じゃないよ。……僕、シュリの恋人になる」

天を見上げ、咆哮《ほうこう》したいのを堪えた。代わりにこぶしを突き上げる。人間の暮らしでは、夜間に大声を上げるのは、周囲の警戒をいたずらに招くため、抑えるべきだとボリスに教わっている。

「ッッッし!!」

言葉にならぬ想いを、摩擦音で表す。

ミカへ、改めて恋人として一緒に風呂に入ろうと誘ったが、恥ずかしいから嫌だと断られてしまった。

「昨日、我の口でお前のそこを可愛がりたいと言ったのも、同じ言葉で断られたな。ならば後ろはどうだと聞いたら、それも断られた。胸ならばいいだろうと言えば、舐めること自体やめてくれと拒絶されしまい、我は傷心したのだ。心の準備ができていないのは仕方ないが、今夜は正式に恋人になった。風呂へ一緒に入るぐらいは叶ってもいいのではないか？」

切々と乞《こ》えば、金茶の瞳がうろうろと視線をさまよわせる。決心が揺れているのが手に取るように伝わってくる。

「だから、恥ずかしいんだってば」

「昔、井戸の脇で一緒に水浴びをしたのが懐かしいな。あのころは我らにはなんの障害もなかった。いまは羞恥《しゅうち》の壁が我とミカを引き離している。あぁ、あのころが懐かしい」

悲しげな顔で懐かしいと繰り返すと、結局今夜もミカは折れてくれた。

チョーカーを外し、首を洗う。喉の中心で濡れて光るうろこがランプの灯りを反射し、身を飾る宝石のごとく輝くのを、ミカの視線が捉えた。ただそれだけのことだが、恋人の視線が自分のものである事実に、深い喜びを感じる。

恥ずかしがる恋人を、柔らかな泡で頭の先からつま先まで洗う。耳の後ろやうなじを絶妙な強さで擦ると、薄い筋肉に覆われた身体からふにゃんと力が抜ける。

一人ならば充分な広さのはずの浴槽へ、後ろから抱きかかえて身体を沈ませる。二人分の体積で肩まで水位が上がり、湯の温かさが染み入った。

目の前では金の濡れ髪が雫《しずく》を落としている。くるりと円を描いた毛先にそっと唇を寄せた。

恋人となった現実に改めて感激しつつ、触れるだけのキスを、目の前の愛らしいつむじから髪、徐々に下がって襟足やうなじへ落としていく。こめかみや耳の後ろも忘れない。くすぐったさに身を捩ったのち、ミカが頬を染めて俯く。脚の間をぴたりと閉じたあたり、後ろめたくなるような別の熱が生まれたらしい。

「お風呂気持ちいいね」

股の間の熱をごまかすように恋人は呟く。シュリは艶《つや》めいた彼の色気によろめき、相槌すら打てない。ただ、彼の洗いたてのうなじや頭をすんすんと嗅いだ。

自分が嗅がれてばかりいることで不安になったミカから、自分は臭いのかと聞かれたのは初日で、二度目三度目からは好きでしていることだと理解してくれた。

「明日も元気に頑張れるよう、まじないをしてくれないか」

シュリの願いにためらう気配もまた愛おしい。昨日は断れずに身を捩って抱き合ってくれた。

湯の中で素肌同士を合わせるのはなんとも淫靡《いんび》で、ミカは居心地が悪そうだった。こちらの股間が明らかに反応しているのに見なかった振りをされたが、照れているのだと思えば、やはり浮かれてしまう。

なめらかな背中を人差し指でつついたが、反応がない。背骨をなぞり、指先を下ろしていくと、ミルク色の肌が逃げ、のけ反った。それでも追いかけたら、くすぐったいからやめてくれと苦情を言われてしまった。

「今日はしてくれないのか？」

「いま？」

「いまだ」

濡れてうねった金の髪を指先に絡める。

「狭いから、あとにしよ？」

「分かった」

追いすぎると逃げられてしまうかもしれない。ぐっと堪えて承知すると、目の前の肩が上下し、ミカが胸を撫で下ろしたのが分かった。

風呂から上がり、裾の長いリネンの寝間着に着替えて暖炉の前で髪を乾かした。シュリが柔らかい布で丁寧に水気をとってやる。二階の寝室へ入ると、ミカはおずおずと切り出す。

「やっぱり僕用のベッド買わない？　僕にも貯めてるお金があるから大丈夫だよ？」

この家は寝室もベッドも一つだ。二階にはもう一つ部屋があるが、あえて部屋を分けなかった。

初日はベッドが一つであることに疑問を抱くことなく、一緒に眠るのが楽しみだとにこにこしていた。それが、いまは頬を染めている。状況を理解してくれたと思えば嬉しい。

「大丈夫だ」

「いいよ、僕こそ大丈夫だから」

「だから大丈夫だと言っている」

そんな言い合いをしつつ、大きな寝台の端で横になったミカの腹へ手を回し、ずるずると引き寄せる。

「こんなにくっつかなくともよくない？」

「今日のまじないがまだだ。約束したぞ」

「分かったよ。……はい、おまじない」

寝返りを打ち、向かい合うと、背中に手を回してくれた。

愛しい恋人の名を呼びながら、強い力で抱き締める。苦しいとミカに文句を言われれば、我もお前が好きすぎて胸が苦しいのだと返した。

「胸の奥が引き絞られるように息が詰まるのだ」

苦しいのに嫌ではない。甘苦しいとはこのことかと思い知る。だくだくと騒がしい心音が聞こえてしまいそうだ。

「シュリ……」

当惑した様子のミカは気まずさを漂わせる。こちらの熱烈さについていけないのだ。たとえ魂の番であろうと、同じような激情を抱くわけではないらしく、温度差がある。戸惑わせているとしても、シュリは愛を告げずにはいられない。

「ミカ、好きだ」

「好きって、苦しいの？」

「どうやらそうらしい」

「そう言ってもらえるのは嬉しいし、僕もシュリのことが好きだけど、シュリが感じるほど僕は苦しくはならないんだ。ごめんね」

正直な彼は、無理に装わない。代わりに負い目を感じるのか、眉根を寄せた。

「謝らせたいわけじゃない。我が告げたくて言っているだけだ」

腰に回した腕に力を入れる。吐息が触れるほど引き寄せると、視線を外された。

「ねぇシュリ、みんなこんな恥ずかしいことを毎日してるの？」

「配偶者や恋人がいればな。頻度は付き合う年月の長さや年齢、体力、心情によって変化するらしい。週末だけの者もいたな。状況が許すとしても毎日する者は少ないかもしれない」

これまでの騎士仲間たちから聞いた話を思い返し、誠実に回答した。

「毎日じゃないんだ。そういう話、当たり前に知ってるんだね。僕には誰もしてくれなかった」

「排泄《はいせつ》の話をいちいちしないのと同じじゃないか？　どちらも生理現象だ」

「おトイレみたいに、日に何度もすることってある？」

質問責めにあうのは、これが初めてではない。性的知識が乏《とぼ》しく、なおかつ向学心に溢れるミカは、突っ込んだ話にも果敢に切り込んでくる。積極的なのは喜ばしいが、せっかく持ち込んだ色っぽい雰囲気が吹き飛んでしまうのが難点だ。

「個人差が大きいのでなんともいえない。恋人同士でも夫婦であっても、何もせずに眠るのが日常になっている者もいた。ひと晩で何度までしたか、騎士仲間が自慢し合っているのを聞いたことがあるから、多い回数をこなす者は少数派なのだろう」

「全然しない人もいるんだ」

へーっとひとしきり感心すると、好奇心を満たしたのか黙り込む。

「ミカ、今日はしないのか？」

灯りを消した寝室で、恋人の金の髪がうっすらと闇に浮かび上がった。絡んだ巻き毛をほぐすように、手ぐしでそっとかき上げてやる。

「……しない。毎日しなくてもいいものなんでしょ？」

ミカは視線を外しつつ、もじもじ身体を捩らせる。

「だが、お前は気に入ったのだろう？」

「そこまで気に入ってない……と思う。シュリが触るから反応しちゃうだけで……」

発せられた言葉と、何かを持て余している表情がちぐはぐに見えた。

「そうか？」

「平気だってば！」

ぷりぷりと怒るほどのことだろうかと、シュリは不思議に思う。

互いに向かい合うだけで、恋人の体臭が寝具の隙間から立ち上ってくる。愛おしい匂いを吸うだけで股間は硬くなっていたが、嫌がる行為はさせられない。

「付き合わせて悪かった。今夜はやめておこう」

暗闇に慣れた目が、物言いたげな瞳とかすかに突き出た唇を視界に捉える。しないと言っているにも関わらずまだ不満げにきゅっと噤んだままの唇の先へ軽いキスを落とすと、股ぐらの昂《たかぶ》りを落ち着けるため、ミカへ背を向けて目をつむった。

ふと、人間は嘘がつけたことを思い出す。

竜も人間のまねをすれば言えないこともないが、嘘をつく習慣がない上に、矜持《きょうじ》を自ら地に貶《おとし》めるような後味の悪さが残る。だから竜は嘘をつかない。

だが人間は違う。清らかな魂であるはずの子どもでさえも嘘をつく。ひどい嘘は叱られ、大人になれば誹《そし》られるが、許される嘘も存在する。冗談や、致し方ないと同情される場合だ。

騎士見習いとして入隊してすぐ、新人は剣の代わりに藁束を持つと騙《だま》されたときは、「何も面白くない。敵意があるなら受けて立つ」と言ったら、二度と嘘をつかれることはなくなった。

親愛を深める目的であろうと、騙して笑うなどシュリには理解できない。

もう一つの致し方ないとされる場合については、苦しい状況でほかに手がないときだが、竜である自分にはやはり分からない。

だから、ミカの身分が伏せられている件についても、人間の秩序を尊重しているだけで同意も理解もしていない。

彼は家を出たがっていた。去年はボリスが不動産業者に手を回し、街中の部屋が貸し出されていると嘘をつかせていた。周囲すべてから反対され、シュリ自身、味方しなかった。

人間の秩序や習慣を優先したつもりだったが、ミカにとっては運からも見放されたと感じただろう。それでも独り立ちを彼は諦めなかったから、こうしていまがある。

じっと目を閉じていると、また別の不安が浮かんだ。

ミカはシュリと一緒にいても胸が苦しくならない上に、毎日触れ合わなくとも平気だと言っていた。魂の番だと感じているシュリが持つ感情や衝動とは大きな隔たりがある。

恋人になると言ってくれたときの表情を思えば、嘘をついているとは思えない。

しかし、性の知識に疎い彼ならば、大事な部分を触れさせたり、精を吐かされたりする行為をしたら、恋人にならねばならないと思い込んでいる可能性がある。

もしや自分はいまも、彼にとってただの幼馴染みのままなのだろうか？

ミカに好きだと言われていない事実に気づき、青ざめる。嫌いじゃないという、消極的な言い回しの言葉だけだ。

人間は嘘をつけるのだ。

彼は相手のために、優しい嘘で偽りの笑みを作る。

ソニアだとて、嘘をつくと明言していた。あのときの彼の返答は、どこか曖昧ではなかっただろうか？　母を悲しませないとは言っても、嘘はつかないとは約束しなかった。

好きだと言い寄る自分を悲しませたくなくて、彼が嘘をつくことを選んだとしたら？

眠れぬまま夜が更けていく。静かなミカの寝息を背中で感じながら、シュリは己の愛が恋人に届くにはまだまだ遠いことを痛感した。


翌日、シュリは王太子への面会の列に加わった。

事前に専属の事務官へ申し入れていたが、サンベルムに毎年長期滞在することが知られてから、近隣の有力者からの挨拶やら陳情があとを絶たず、何かと順番待ちだ。

竜体ならばひと晩ふた晩寝ずとも平気だが、人間の身体ではそうもいかない。巡幸で普段より任務が増えているのもあり、昨夜ほとんど眠れなかったことが響いていた。あくびを噛み殺しながら待つ。

昼が過ぎ、面会者の一番末尾で名を呼ばれ、やっと入室を許された。

「サンベルムにて竜騎士を務める、シュリと申します」

マリウス隊長の胃痛が頭を掠め、我慢して敬語を使う。

「ボリスの拾い子か」

高慢な声音で応じたのは、アダム・モドア・リンドローム王太子だ。

シャツ一枚のラフな姿の肩には布が置かれ、背後では使用人がアダムの髪を濡らしていた。黄金色の髪に赤の染め粉を塗らせ、ストロベリーブロンドに変えている。

お忍び用の変装だとしても、毎年よくここまでやるものだ。それだけミカから疑われずに接触したくて必死らしい。

「これを」

言葉少なく、ボリスに書いてもらった書状を差し出す。侍従が受け取り、王太子へ渡した。その間、アダムの視線が無遠慮にシュリへ向けられる。

「弟の幼馴染みだそうだな。弟が一番なついていると聞いているが、勘違いしてはならんぞ。お前たちはあの子の盾となって守るのだ」

王太子がサンベルムへ巡幸するようになったのは、シュリが騎士になる少し前からだ。

権勢盛んな侯爵家出身である王妃が健在なうちは、この街に足を向けることはなかった。王太子といえども王も含めて王妃の顔色を窺《うかが》わねばならないのは、王宮内での権力の弱さを示している。

王妃が亡くなってからやっと王は王太子を遣わし、その王太子はミカを溺愛《できあい》している。

遠目で見ても腹が立つ相手だ。好んで近づきたくない相手だが、ミカのためならば仕方がない。相手もなぜ地方の一騎士とわざわざ話さねばならないのかと思っているだろう。

「どうぞ」

早く読めと言う代わりに、手振りを付けて促す。

フンッと、いっそ清々しいほどの感じの悪さで書状を受け取る。読み進めるうちに、ふんぞり返っていた姿勢がまっすぐに正されていく。前半に目を通すと、はっとしていったん書状を伏せ、髪を染めていた使用人と侍従へ下がるよう言い渡した。

「結婚だと？　しかもすでに同棲中とは……駄目だ、めまいがしそうだ。不届き者め、俺の天使がお前に恋をするわけがないだろう。あの子が夢から覚めたとき、下賤《げせん》の者に身を任せたことをどれほど後悔するか！」

罵られつつ、シュリの脳裏には朝方まで悩んだ疑念が蘇《よみがえ》る。

家を出たがっていたミカが、幼馴染みとはいえ恋情を持たない相手に身体を触れさせたのが真実だとしたら？

知ったばかりの快楽でいまは気づかぬだけで、いつか目が覚めるときが来るかもしれない。

もしくは自分のせいで相手が悲しむのを気に病み、違うと知りながら身を任せているのだとしたら。

確信を持てぬ以上、シュリは彼が後悔しないとは断言できなかった。

朝、本人へ聞く時間はあった。しかしできなかった。最初の求婚を誤解して「いいよ！」と言った明るさで「やっぱり違った」「嘘なのばれちゃった？」などと言われたらと思うと、怖かった。

臆病な自分への怒りがうねり、眼前の男へ向かっていく。

「下賤は貴様だ。お前もお前の父親も、王妃めの刺客を放置していたではないか。あの女が放った刺客たちを切り捨て、追い払ったのは我とボリスだ。それだとて、よそ者が来るたびに知らせてくれた住人たちの協力があってこそ。お前はどの面を下げて我が弟だなどと言えるのだ？」

混乱していた。怒りの原因とは違う相手を詰《なじ》ってなんになるのか。だが、憤りはなんらかの叫びを上げずにはいられなかった。

「わきまえよ！　王宮の政情も知らぬ者が何を偉そうに！」

「ソニア殿は王宮の澱《よど》みに抗《あらが》えぬ王を見限ったのだ。ミカをその汚泥《おでい》に近づける気はない。お前こそあの親子から身を引け。それでもあの子の顔が見たいというなら、澱みを清めてから来い」

激昂《げっこう》する王太子へ、感情のまま言い放つ。彼に何を伝えたところで、ミカが幸せになるわけでもない。しかし、無為と知ってもなお発散せずにはいられぬ激情がシュリの胸を占める。

「知ったような口を利くな。力業で済ませられるなら苦はないわ。あの子の幸せな顔を見なければ、王宮での戦いに戻れぬ俺の苦しみも知らぬくせに」

王太子の震える声で、核心を突きすぎたのだと気づく。彼が垣間見せた本心に、人間はここまで追い込まねば本心を明せないのかと愕然《がくぜん》ともした。

やはり竜である自分に人間の本心は分からない。

あの子が本当に笑っているのか、自分を傷つけまいと、優しい嘘で笑う素振りをしているだけなのか、確信が持てなくなった。これまで見分けられていると思い込んでいただけではないのか？

自分の隣で微笑んでくれる、その事実だけで、どこまで彼を信じられるか。

「文句があるなら、その書状を最後まで読め」

敗北した心地で言い渡す。

「俺に指示するなッ！　――おい、なんだと⁉　信じられん。これが真実だと証明できるのか？」

驚愕と怒りの交じった視線を、シュリは悲しみに沈んだまなざしで見返す。

「サンベルムの騎士としてではなく、竜として答えよう。竜であるこの身が、お前ごときに証明せねばならぬ理由はない」

人間と竜は違うのだ。王太子を突き放しながら、己こそ突き放されたような心地になる。不遜《ふそん》に見えるよう胸を張った。己は竜なのだと自身に言い聞かす。

人とは思えぬ異様な迫力をその身体から立ち上らせる男に、王太子は慄く。

「だが……」

「ボリスがお前に嘘をつく人間だと思うか？　妄言を吐く弱い男だと思うか？　我は人間の秩序を乱すつもりはない。ミカは母親が悲しむのを好まない。だからソニア殿を困らせぬよう、父親の許可を取ろうというのだ。お前が嫌だというなら、直接王都へ乗り込む」

激昂で血を上らせていた顔が、みるみる青ざめていく。顔色の悪さとともに王太子の背は丸くなっていった。

「同族を拒んだ愛を知らぬ竜は、稀にほかの種族の中に魂の番を見つける——その伝説を耳にしたことはあるが、貴様はあの子が魂の番だと言うのか？」

「笑っても泣いてもいじけても、あの者の魂は我には虹色に輝く珠玉《しゆぎよく》のごとく見えるのだ。いますぐ父親へ手紙を書け。お前たち人間の手順はまどろっこしくてならぬ」

種は違おうとも、自分の魂の番はミカしかいない。彼がどう思おうと、千年の時を生きる自分が、最初で最後に愛すのはあの弱くて小さな人間なのだ。

「只者でないのは分かったが、やはり証しを見せてほしい。俺が知らぬだけで、人の姿に化けられる高位の魔物がいるかもしれない。その魔物が竜を騙っていないとは言いきれない」

少しは考える力があるらしいと、シュリは王太子を見直す。

「我はミカに出会って以来、人の身体になっている。証明させたいならば、竜に聞け。竜は嘘をつかぬ。竜と話せる者がいないのなら、王都から竜騎士を呼び寄せるがいい」

「すぐに伝令をやって呼び寄せる。竜から話を聞き次第、父へ手紙を書こう。それまで待て。それと……弟の身をこれまで幾度も守ってくれたことは感謝している」

「お前に感謝されるためにしたわけではない」

「分かっている」

二人の声はともに硬く、友好とは程遠い空気が漂っていた。

◆　◆　◆

「流されてないだろうな？」

脈絡なく向けられたボリスの言葉に、売り切れた皿を棚から下げていたミカは首を傾げ、いかつい顔を見つめ返す。一番混み合う昼時が過ぎ、客足は落ち着いていた。

「野菜は裏庭の桶の水に浸けてあるよ？　ほかに下水に流してないか気になるものでもあった？」

「仕事の話じゃない。断りきれずにシュリに押し切られたんじゃないかと心配しているだけだ」

何をと問い返そうとして、はたと気づく。

少しだけ夜の振る舞いを知ったせいか、もしや寝台の上での話かとどきどきする。客はいないものの、ソニアもいるのにこんな話を親同然のボリスとするのは普通なのだろうか。

隠すつもりはなかったが、二人が友人から恋人に変わったのがなぜ筒抜けなのかも気になった。そういう経験をすると、顔つきが変わるとか体臭が変わるとか、ミカの知らない身体の変化があるのだろうか。

頭の中でせわしなく考えるが、どう答えるべきか分からない。何も言えずにボリスを見つめ返し、ぱちぱちと瞬きを繰り返した。

「無理にするものじゃない。嫌なら断っていいし、なんならいつ帰ってきたっていいんだぞ」

やっぱりえっちな意味で聞いていたのかと、分かってはいたが驚いた。

頬がじんわり熱くなってしまう。むしろ積極的に行っていますと答えていいのだろうか。寝台の中の話はシュリから口止めされている。しばし悩んだが、やはりなんと答えればいいのか分からない。

「人の恋路を邪魔しちゃだめよ」

ソニアが珍しくボリスをたしなめる。ボリスは妙に嬉しそうに「お、おう」と応えただけで仕事に戻っていった。

怒られて喜んでいるように見えるのはなぜだろうと訝《いぶか》しく思っていると、ピンクブロンドの髪を一つに結んだ青年が、のっそりと現れた。シャツとチュニックの質素な服装だが、下ろしたばかりの綺麗な服だ。しかし、悲劇的な災難に見舞われたのか、いつになく悲愴《ひそう》な面持ちだった。

「……やあ、ミカくん久しぶり」

「アダさん？　やっぱり今年もいらっしゃってたんですね。どこかお加減でも悪いのですか？」

例年なら愛想のよい柔らかな雰囲気の青年は、快活な声を上げて店に来てくれるはずだ。心配すると、なんでもないよと手を振られる。

「気遣ってくれてありがとう。俺は大丈夫だ。まだ倒れるわけにはいかない。あぁ、ソニアさん変わらずお綺麗ですね。元気そうなお姿を拝見できて嬉しいです」

いまにも涙を浮かべそうな表情で、無理やり笑みを作る。どう見ても痛々しい。

アダは王太子の巡幸に同行する文官の使用人だという話だが、三年前から来るたびにこの店に顔を出してくれるようになった。

「ミカくん、去年も可愛らしかったが、ますます可愛くなったな……」

とても残念そうに言われ、ミカもどう返せばいいか分からない。悲しいことでもあったのだろうか。

「僕、もう二十歳ですけどね。可愛いというほど、まだ子どもっぽいでしょうか」

「そうか、二十歳か。ならば色気が出てきても仕方ないか」

いつしか再び店の前に集まっていたほかの客が、一様に視線を逸らす。噂の回りやすいこの街で、ミカが恋人立候補者と同棲を始めたと、事情を知らない相手に説明するのは新鮮だ。

「こ、恋人ができたからですかね」

慣れない惚気を口にしたせいか、「たはっ」と、おかしな声が出る。周囲の客たちが「シュリはいつのまに幼馴染みから繰り上がったのだ」とざわめいた。

「そうか……そうか……」

アダが目元に手を当て、涙を堪えるような潤《うる》んだ声を出す。幼いと思っていた自分に恋人なんて、それほど感動させてしまう出来事だったたろうかと、ミカは照れつつ微笑む。

「……シュリが申し込み、この子は受け入れました。合意の上の関係です」

ボリスがむすりと不機嫌に言い添える。

「ミカくんをかっ攫った不届き者を早期に排除できなかったのか」

悲しみを怒りに変えたアダが、低く唸るように口にする。常連というほどでもない彼から、そんな嫉妬のようなものを向けられることに驚く。緊迫した空気の中、ソニアが満面の笑みで間に入った。

「いつまでもこのデリカテッセンの店員として、独り身で老いていくよう決められているわけではありませんから！　この子の顔を見れば、良い恋かどうかアダさんもお分かりでしょう？　一緒に喜んでくださいますよね⁉」

大きな声を母が出すのは珍しい。ボリスもアダも、なぜだか叱られたかのごとき顔をしている。

「……シュリとはこの街の竜騎士で、ミカくんの幼馴染みだったな」

「アダさんもご存知なんですか？　仕事が終わるとドゥドゥに乗って迎えに来てくれるんですよ。あ、ドゥドゥはこの街の竜で、たまたま僕を気に入ってくれて、一緒に背中に乗せてくれるんです。こんなに気安い竜って珍しいですよね」

「一緒に帰るのか、そうか。そうだよな」

「僕たち、い、一緒に住んでるので」

自分で打ち明ける。慣れないことをしたのが恥ずかしく、締まらない顔で「たはは」と上品とはいえない声が出てしまう。

「無理強いされているわけではなさそうだね。あぁ、こんな日が来るとは」

あまりに遠い目をして嘆くので、アダは未婚なのだろうかと考える。

「アダさんがしている、銀と思えないくらいきらきらして目立つ指輪は、結婚指輪ではないのですか？」

「そうだ。俺には妻も子どももいる。俺は十八で結婚したからな」

「すごい。僕とほどんど変わらないのに、お子さんまでいらっしゃるんですね。では巡幸の間、離れて寂しいでしょう？」

「それはそうだが、寂しいのは可愛い弟が――」

「アダさん、はい。羊の香草焼きと芋のフリットよ。これ、昔からうちで売っている商品ですの。あなたがいらっしゃるようになった三年前よりずっと前から。ほんの三年前からじゃ、ご存知なかったかしら？」

　うふふと母は笑い、まだ注文していないにも関わらず商品が刺さった串を差し出す。アダはぎこちなく頷き、金を払った。ミカも微笑み、アダへ声をかける。

「以前召し上がったことがあったと思いますが、去年は違うものをお買いになったかもしれませんね。この場で召し上がりますか？　持ち帰るなら包みますよ」

「ちょっと喉を通りそうもないから、包んでもらおうか」

　ミカは串焼きを朴《ほお》の葉で包み、麦藁を編んだ紐で結んで差し出す。

　受け取ったアダのこめかみから、赤い液体がひと筋流れた。

「大変！　アダさん頭から血が出てる！」

　その場にいた全員がぎょっとする。後ろに並んでいた客の一人が、さっとハンカチをアダに差し出した。慌ててアダがこめかみを押さえると、ハンカチにピンクの色が滲む。

「わ、汗が染め粉――おっと、いや、大丈夫！」

「怪我してたんですか？」

「うん、そうだな。少し怪我をしていたのだ。汗で血が薄まってこのような色になった、と思う」

　ぎこちなく答えるアダは、動揺しているようだ。

「ボリスさん、アダさんが心配なので、宿まで送ってきていい？」

「お、おう。店は大丈夫だが……」

　ミカはエプロンを外すと、彼の腕を取り、宿へ送ると申し出た。

「貧血になって倒れたら大変です。さあ、行きましょう」

「そうか、うん。そうしよう。ではまた参る」

「またお待ちしております。お気をつけて」

ソニアの明るい声に送られ、二人はアダが宿泊しているという街の北へ向かって歩き出した。

昨日降っていた雪はやみ、今日は陽気に恵まれたおかげで、残雪も見当たらない。

手ぶらで現れたような気がしていたが、アダは帽子を持ってきていたらしい。毛糸の帽子をすっぽりと頭にかぶり、髪の毛をすべて帽子の中にしまう。

「もう大丈夫だ。宿舎まで送らなくていいぞ」

「でも、心配です」

頭の怪我を心配すると、せっかくだからどこかで一緒に食事でもどうだと誘われる。店で買った串焼きはあとでおやつにするそうだ。そこまで食欲があるなら、本当に体調は問題ないようだと胸を撫で下す。

「それなら、僕の知り合いのルーイが家族でやっている店があるんです。ボリスさんは、ルーイの店は酒を出すから行っちゃだめだって、最近まで僕は出入り禁止だったんですよ」

「酔っ払いに絡まれたら困るからだろう？」

「いまも一人では絶対行くなって言われてて。でも僕、シュリ以外には店をやっているルーイぐらいしか友だちがいないので。シュリはしばらく休みがないし、アダさんがご一緒してくださると嬉しいです」

「シュリという男以外にも友人はいるのだな？」

「十歳のときにルーイと取っ組み合いのケンカをしたんです。それから仲良くなりました。でもボリスさんは根に持っていて、僕とケンカしたルーイを嫌ってるんです。ケンカしたのは子ども時代の一度きりだし、いまはシュリの次に仲がいいのに」

「子どもとはいえミカくんに手を上げるなどけしからんと思ったのだろう」

どうやらアダはボリスと同じ意見らしい。それでも分かってもらいたくて、ルーイの長所を話す。

「子どものころから、僕、友だちを作るのが下手なんです。同年代の子は一緒に遊ぼうとしても、みんなすぐ親に連れ戻されちゃって。僕、何かおかしな子だったのかもしれません。だから、僕と遊んでくれる子や仲良くしてくれる子はとても貴重なんですよ」

「それでも怪我をするような遊びをしてもらいたくないのは当然だ」

「ルーイだけは僕を遊びの仲間に入れてくれてたんです。だからシュリを外せば、ほかに友だちと言えるのは彼だけなんですよ。街の人は良くしてくれるけど、深く踏み込もうとするとちょっとぎょっとするというか、びっくりなさるので控えめにして、迷惑かけないようにしています」

「だが、ボリス殿がいるだろう？」

「ボリスさんは友だちじゃないですもん。お店の上司で父親みたいに面倒をみてくれる人ですけど、ちょっとだけ息苦しいんですよね。去年、仕事を変えたいって言ったら、みんなに大反対されちゃいました。お店ではうまく接客できている気がするんですけど、そう思っているのは僕だけなのかも」

「やりたいことがあるのか？」

ミカは己を恥じるように俯く。

「分かりません。夢を見るだけの経験も知識もないので。王都に住んでるアダさんからしたら、小さな街の中じゃ、どこで働こうと大差なく見えるでしょうね。あの小さな店の中だけで一日が終わるのが少し物足りないんです。衣食住が満たされた生活をさせてもらっているくせに、贅沢な悩みですけど」

「決められた道を言われた通り歩くのは、案外難しいものだからな」

アダから優しい声で同意され、驚いた。分かってもらえると思っていなかったので、意外だった。

二人でルーイの店に行き、店の名物のシチューで昼食をとる。

昼食には遅い時間だったが、人気の店だけに店内の客は多い。二人は店先の陽の当たるテラス席を選んで座った。風もないので凍えるほどではない。

ルーイが気を利かせて膝掛けを持ってきてくれる。一緒に名産のお茶をミルクで煮出したものが出された。少量の茶葉で美味しく飲むための庶民的な淹《い》れ方だが、アダは珍しがって喜んでくれた。

「アダさんは王太子殿下にお会いしたことがあるんですか？」

ミカが話を振る。答えるアダの目はどこか悲しげだ。

「優秀で素晴らしい方だ、と思う。だが王宮は百年前からの恨みと因縁がいくつも転がっているような、窮屈な場所だ。魔物に襲われなくとも、王宮では人が死ぬ。感情のままに振る舞えば政《まつりごと》が荒れ、戦いが起これば民が飢《う》える。意気地なしだと汚名をかぶる代わりに、戦いを避けるのを選んでいる。情けない話だ」

さすが王都で暮らすだけあって、詳しく教えてくれる。いままで店頭でのやりとりだけで見ていた姿とは違う、知性的な一面が垣間見えた。

「殿下のお苦しみをよくご存知なのですね。それだけアダさんが知っているなら、殿下をお支えする方も多いのでしょう？」

「どうだろうね。俺には分からないよ。人は嘘をつくから。ミカくんは嘘をつかないだろう？　だから好きだよ。君の顔を見るだけで安心する」

「僕も嘘をつきますよ」

けろりと告白すれば、意外そうに眉を上げられた。

「君が？　まさか」

「寂しいのに寂しくないって嘘をつきます。巡幸中はとくにシュリの仕事は遅くなるときが多いですし、夜勤番もあります。一緒に過ごせなくて寂しいってシュリは言うけど、僕は平気だよって嘘をつきます。本当のことを言ったら、彼は僕の願いを叶えようと頑張ってしまうでしょうから。迷惑になりたくないんです」

昨夜、本当は身体に触れてもらいたかったけれど、平気だと嘘をついたのは記憶に新しい。

「……王太子に早く帰ってもらいたいか？」

アダはカップの水面を見下ろす。ミカも持っていたカップに視線を落とすと、自分の顔が映って見えた。楽しそうには見えない顔だ。

「アダさんに会えるのは嬉しいけど、殿下は遠目でしか拝見したことがないですし。いつもは街の人がみんな忙しそうだなって思うくらいだったんです。でも今年だけはシュリの帰りが遅くなるから寂しいなって思います」

「それは友人への好きとは違うんだな？」

ミカはお茶の入ったカップを持つ手に力を込めた。

「たぶん」

気安くじゃれ合えた幼馴染みが、いまは意識してしまって簡単にじゃれつけない。身体の中心に触れることを許せるのも、彼だからだと言いたいのを呑み込む。これは口にできない。

「好きと言われたから、好きになったんじゃないか？　それは早い者勝ちと何が違うのだ？」

納得できないのか、質問が重ねられる。

「シュリ以外に言われたら恋人にはなりませんでした。シュリにならら怒れるんです。ほかの人に憤りを感じても、それはその人なりの理由があるのかもって思うんですけど、シュリなら怒っていい気がしていて。甘えなのかな？　わがままを言えるのも本音を言えるのもシュリだけだし、どきどきするのも彼だけだから」

「あんな怖ろしげな奴にどきどきするのか？　いったいどこがいいんだ？」

ミカが会ったことがあるのかと聞くと、アダは一度だけあると不貞腐れた顔で言う。あまり良くない会い方だったようだ。

「どこがいいかは……内緒です」

あれこれ言葉が思い浮かんだがやめた。よく考えたら恥ずかしすぎる。

頬を染めて答えると、アダは嘆息し、しょうがないなと呟いた。


誰かにあんなにシュリの話をするのは初めてで、浮かれすぎてしまった気がする。

その夜、シュリと布団に入ってからも、そわそわした気持ちは続いていた。対してシュリはどこか苛立っているように見えた。

「ミカ、お前に触れたい」

「いいよ！」

やった！　と喜びたいのを堪え、昨日しなかったもんねとにっこり快諾する。目の前の男は眉間にしわを寄せた。

「いつもお前はそうだな。軽やかに受け容れる。軽やかすぎて我は怖い」

「どうして？　ほら、今日の元気になるおまじない、しよ？」

元気のない恋人をぎゅっと抱き締めた。自分を好きで好きで胸が痛いほどだと言ってくれた恋人は耳元でため息をつく。

「まじないは我が勝手に決めて作ったものだ。一般に流布しているわけではない。効能は我に限っては有効だと証明できるが……」

彼の手が、腰へ回される。シャツの中に潜り込み、肌を撫でられた。剣や手綱を握る硬い皮膚の感触に、ふるりと身体を震わせる。

「そうみたいだね。昔、ルーイに言ったら知らないって言われたから」

「これをまじないと似たようなものだと思っていないか？　身体の大事な部分を相手に触れさせるのは、本当に心を差し出せる相手だけだ」

「分かってるつもりだけど？」

なぜいまさらそんなことを聞くのかと問い詰めたいが、疲れた顔のシュリに遠慮した。

落ち込んだ様子にも見えるシュリは、ミカの腰を撫でていた手を引き抜いてしまった。どうやら今夜は気乗りしないようだ。

疲れているのだろうか。毎日遅い上に、休みもないのだからそうだろう。しかも明日は夜勤番だったと思い出す。夕方から仕事に行くなら、ミカを店に送れば、夕方までまた休めるはずだ。

ミカはそのまま店の三階の家に泊まるため、明後日まで会えないことになる。

ここのところ二人で寝るのが当たり前だったから、明日一人で眠るのが少し残念に感じた。

「シュリ……このまま寝る？」

「ん？　どうした？」

優しい声だ。ああ、好きだなと思う。日を追うごとに、好きだと思うところが増えていく。

「しないの？」

「したいのか？」

思い切って頷いた。今日もなければ三日間しないで過ごすことになる。甘やかされ続けてきた記憶が、したいとせがんでいた。

「うん。明日の夜はシュリがいないでしょ？　僕、したい。シュリは？」

「お前がしたいなら」

「毎日したがるのって、もしかしておかしい？　これって病気かな？」

「病気じゃない」

「でもほかの人に話したらだめなんだよね？　それだけいやらしいことだからでしょう？　シュリにこれをしてもらってから、毎日したくてたまらないんだよ？　一昨日なんか、してもらったあとで、またシュリとしたくなっちゃった。おかしいよね、僕？」

思い切りついでに打ち明けると、目の前の眉がひそめられる。やはり良くないことだったのかとひやりとした。嫌われたくないが、ミカには正直に伝える以外に、知恵も術も持ち合わせていない。

「それを俺以外ともしてみたいと思うか？」

身構えつつ、首を振る。

「ううん。シュリ以外に見られたくも触られたくもない」

「なら、いやらしくもなんともない。恋人同士なら当然のことだ」

シュリの強張っていた表情から力が抜ける。ミカは口にしていいものか迷ったが、下手に隠して嫌われたくないと、小さな秘密を打ち明ける。

「あのね、秘密だけど、自分でしてみてもちょっと気持ち良くなったよ」

自慰を憶えたという告白に、シュリはふるふると身体を震わせ、ゆっくりと息を吐く。

「いつのまに……」

「前回のシュリが夜勤番のとき。一人で寝てたらシュリを思い出して、そういう気分になった」

「それは、その、あー、最後までいけたのか？」

「いくって？」

「……子種は出たか？」

諦めの表情で子種の単語を口にする。その表情が面白くてくすりと笑ってしまった。

「駄目だった。シュリの手つきを思い出しながらしたけど、もどかしい感覚になるばっかりで苦しかった。やっぱりシュリじゃなきゃダメみたい」

目の前の喉がごくりと鳴る。風呂以外では常に身につけている赤珊瑚のチョーカーが上下した。

「今日はこれまでと少し違うことをしようか。我と恋人になるとはどういうことか、もっと深く理解してもらいたい」

「まだほかにもやり方を知ってるの？　それってどこで教えてもらったの？　僕、やっぱり友だちがいないから何も知らないのかな」

寝具の中で手を伸ばし、彼の腕に触れる。指の腹を滑らせ、硬い筋肉をなぞった。

「大丈夫だ。これは我も知らなかった。ルーイがおせっかいして勝手に教えてきただけだ」

恋人の吐息の熱がミカの唇まで届く。二人の顔がじわじわと近づいた。

「ルーイに聞けば分かるってこと？」

「駄目だ、聞くな。絶対聞いてはならないぞ。ルーイが怪我をしたら悲しいだろう？　聞きたいなら我に聞け」

「なんでルーイが怪我するの？」

「おしゃべりはやめて、その唇を我への口づけに使ってくれないか」

「うん、いいよ！」

「ミカ、そう元気に返事をされると、恋人というより友人と話しているようで、不安になるのだが」

また眉根を寄せて難しげな顔をする。これまでハキハキして褒められることはあっても残念がられたことはないのに、シュリに対してはなぜか不安にさせてしまうらしい。

「おしゃべりは終わりでしょ？」

ちゅっと口先に音を立ててキスをすると、やっと眉間のしわがほどけて笑顔になってくれた。

胸を上下させ、荒い息を繰り返す。

「シュリもこれ、出る？」

自分の腹に広がった液体を指で広げた。

手を伸ばし、彼の下着の布を押し上げる熱にそっと触れる。

シュリはミカの股間には触れるが、自身のものは触らせようとしない。初心者なのでそういうものだろうかと思っていたが、気持ちよくなればなるほどシュリの身体に触れたくなる。硬く大きく張りつめていればなおさらだ。

「……出る」

「シュリも出して」

「いいのか？」

「いつも僕ばっかりじろじろ見られながらするの、不公平だよ。シュリも出るなら出そうよ？」

自分ばかり恥ずかしい思いをするのがずるいように思われ、すねた声が出た。

そっと握って上下に擦った。されるときはいつも片手だが、ミカはうまくできず両手を使わねばならない。手の大きさも性器の大きさも、色々と差が大きい。

「シュリ、きもちいい？」

「ああ、ミカ……ミカっ」

横たわったまま向かい合い、手を動かしながらシュリの唇の間へ、舌先を差し入れる。舌を入れるキスも慣れてきた。

身を起こした彼に、首筋をねろねろと舐められる。耳の後ろを吸われると声が漏れた。そのまま彼の腰がかくかくと揺れる。

仰向けになり、自分の腹の前で両手を筒状にして固定するよう指示された。そこへ、シュリが自力で擦り付ける。ミカの手筒を通り抜けた先端が、柔らかな腹を擦った。へその窪みを突くようにされ、圧迫感にぞわぞわした。

普段の生活ではしない動きと吐息、そして熱気にくらくらする。身体の上で発散される雄の色気にうっとりと酔いしれた。

名を何度も呼ばれ、熱い陰茎を腹へ押し付けられる。どっと腹が温くなり、放たれたのが分かった。脇腹を流れる感覚にぎょっとして、手を当てる。見れば、自分の三倍から四倍の精が腹の上に広がっていた。ミカが身体をおこすと、それはゆっくりと薄い下生えに流れ落ち、沁み込んでいく。

布で拭いてもらう間、なんて多いのだろうと、手のひらに残ったものをしみじみと眺める。自分以外のものを目にするのは初めてだ。

「そうじっくり見られると恥ずかしい」

珍しく恥じらいを見せるシュリに、ミカもごめんと謝った。しばし居心地の悪い沈黙に襲われる。

濡れた両手を半端に掲げ、拭いてもらうのを待っていると、そのままキスをされた。精が残ったままの手のひらに、両手を重ねられる。シュリは手のひらで液体を拭うと、ミカの胸へ塗り伸ばす。脇腹にも塗り広げられ、ミカは身体を震わせた。

「ねぇシュリ……これって何回までしていいの？」

「それは、もう一度してもいいということか？」

「してもいいものなら、したい、かな」

言い終わるや否や、がばりと押し倒される。放たれた精を塗り込めるように、大きな手のひらが柔らかな肌をさすり、尻をしつこく撫で回した。

力強い腕は背中をめぐり、腿の下をくぐり、まさしく揉みくちゃにされる。その激しさに驚く。荒い息で胸の粒を舐められながら、両の尻たぶをぐっと鷲掴《わしづか》みにされ、ひっと声が出た。

「太腿を貸してくれ」

くるりと身体を返され、四つん這《ば》いで尻を上げる格好にさせられる。陰嚢《いんのう》の裏に熱い塊を押し付けられた。

「あっ、な、なに？」

「閉じて。ここで我を挟んでくれ」

押し込まれた熱が、陰嚢を突き上げる。そこから甘い疼《うず》きが生まれ、一度放って緩んだ部分が、股間が屹立《きつりつ》していくのに合わせ、再び引き締まっていく。

前後に揺すられ、ずしりと重いシュリの陰嚢がほっそりとした太腿を打つ。肌と肌が打ち合わされ、タンタンと規則的な音が繰り返される。

ただの音なのにとてもいやらしく感じられ、ミカは恥ずかしさに俯いた。

「力を入れてくれるか？」

閉じた太腿に力を込め、強く合わせる。内側の肌が圧迫され、彼の太さをそこで感じた。

長く熱い熱を挟んだ太腿を見れば、ぴんと立ち上がった自身の股間の下から、同じ器官とは思えない、太く黒々とした頭が顔を出し、消えたと思えばまたにゅっと姿を現した。先端から滲んだもので ニチニチと音が立つ。

腿に押し入れられるたびに、陰茎の裏が擦られ、声が漏れる。

手で触れられるのとはまったく違った。腰が自然と揺れてしまう。律動に合わせれば、肌を打つ音が高まった。

腰に添えられていた手が前に回り、立ち上がった股間を握る。力が抜けてシーツに沈むと、鍛えられたたくましい身体がどっと乗った。伸し掛かられた重みさえも、官能をくすぐる。荒い息が鼓膜を打った。

熱棒を押し込まれた下半身をがっしりと脚で挟まれる。震えることもできぬほどの不自由さの中で、びりびりとした快感が膨れ上がり、ミカの赤らんだ丸い先端からとぷりと精が吹き出る。

「あぁッ、――っ」

「ミカ、出すぞ」

再び精を大量に吐き出され、ねっとりとした体液が陰毛に沁み込んでいく。シュリの手が、少し冷えた己の精をシーツから拭い、恋人の股間に擦り込むように揉みしだく。

「も、もう終わりだよね？」

「回数は決まっていない。個人差があると話しただろう。何度したっていいんだ」

俯せた顔の顎を持たれ、振り向かせられる。

「それは、わっ、んんッ」

反論する前に太い舌を咥《くわ》えさせられ、ミカは喉の奥でうんうん喘《あえ》ぐので精一杯だった。

カタンと窓が揺れる音で目が覚めた。

隣へ手を伸ばせばうっすらとした温みが残っているだけで、寝台には自分一人だ。身体を拭かずに朝まで寝てしまい、身体中がごわごわしている。

いつもはミカが放った後始末は、シュリにしてもらっていた。どうやら昨日はシュリもそのまま寝てしまったらしく、拭かれないまま乾いて肌に張り付いていた。

窓の外から話し声が聞こえる。窓には霜《しも》が降り、氷の結晶が花模様を描いていた。

白い息を吐き、ガウンを羽織って二階の窓を開ける。庭を見下ろすと、赤銅色の首鎧をつけたドゥドゥがいた。さっき窓が鳴ったのは竜が巻き起こした風なのだろう。しかし、迎えに来るにしては早い。ドゥドゥの前には薪を手にしたシュリがいる。風呂を沸かそうとしてくれているのかもしれない。

『シュリシュマ様、王太子が予定を二日早めて近隣の視察に出るそうですよ。夜勤番予定の私たちも、一緒に行くよう指示が出ました』

クウクウと鳴く声とともに、少年のような若々しい声が聞こえた。

「嫌だ。これからミカのために風呂の湯を沸かすのだ」

シュリはドゥドゥを見て返事をする。ということは、さっきの声はドゥドゥのものらしい。そして彼が答えたということは、シュリシュマという耳慣れない呼び名はシュリの名だということだ。いくつもの疑問を頭に浮かべながら、ミカは耳を澄ます。

『番様のお世話なら確かに最優先ですね。ミカ様といえば、私はいつになったら話しかけさせてもらえるんでしょうか？　正直、お話ししたくてうずうずしているんですが』

「いいわけないだろう。背中に乗せるのを許しているだけでもありがたく思え」

『あのお方が私のうろこを撫でて綺麗だと褒めてくださるのに、御礼を申し上げられないのは心苦しいです。そういえばご不在のときに、ミカ様がシュリシュマ様のお話をなさっていましたよ。なんとおっしゃっていたか、知りたくありませんか？』

「我を買収するつもりか？　貴様から又聞きせずとも、我々の絆は強い。痴《し》れ者《もの》め」

手にした薪で緑のうろこをこつんと叩き、愉快げににやりと笑う。あんな笑い方は初めて見た。自分の知らない二人の雰囲気に、シュリと一番親しいのは自分ではないのだと分かった。

『それでは私はこのまま塔に戻ります。乗せて戻らなければ、竜騎士のやる気がないと騎士たちも察するでしょう』

「いや、やはり行こう。いまは王太子に嫌味を言われたくない。身体を拭くだけの湯を沸かせば、すぐに出られるだろう」

『ではそれまでお待ちしております！　実は私、雪雲の中をびゅーんと飛ぶのが好きなんですよ。うろこがキンキンに冷えて凍る感じがさいこ――あ！』

二階の窓辺にいたミカと目が合ったドゥドゥはばさばさと翼を動かし、しまったと声を上げた。

『ミカ様の前でお話ししてはダメだと命令されておりましたのに、聞かれてしまいました！　シュリシュマ様申し訳ございません！』

「分かったから黙れ」

長い首を前に倒し、しゅんとしょげた巨体を励ますように二度叩く。その様子から、彼がドゥドゥをどれほど気にかけているのかが分かる。こちらが覗き見していたような後ろめたさに襲われ、ミカは窓から離れた。

一階に下りると、シュリが薪を煮炊き用の竈にくべている。身体を拭くだけの少量の湯を沸かすと話していたから、それだろう。

二人の様子は、自分といるときとまったく違っていた。シュリの言葉遣いも気を許したものだった。

「竜は好意を持っている相手に、無意識に言葉を伝えてしまう習性があるんだ。思念と同時に――」

「シュリ、シュユリシュマって呼ばれてるの？」

口をついて出た言葉に、自分で驚く。気になったが問い質すつもりはなかったのに、なぜ言ってしまったのか。しかも語気が強い。

「そうだが？」

動揺の感じられない冷静な声に、落胆した。焦ってすまなそうにしてくれたら笑って許せたのに。

「それが本当の名前？」

「そうだ」

「なんでいままで教えてくれなかったの？」

本当の名前を教えるのは、一番親しいドゥドゥに対してだけなんだね。そう言いたかったが堪えた。シュリの一番だと思い込んでいた自分を晒したくなかった。惨めな姿を見られたくない。

「聞かれなかったからだ」

「聞かれなきゃ、言わないの？」

また声が尖ってしまう。これが嫉妬なのだと、悲しみとともに知る。鬱陶しがられるのではないかと怖くなった。彼の一番が自分じゃなかったとしても、嫌われたくない。

「ミカが最初にそう我を呼んだからだ。お前が呼ぶなら、その名でいいと思った。それとドゥドゥの言葉が分かる件だが――」

「勝手にドゥドゥに話しかけなきゃいいんでしょ？　竜騎士は、竜が選んだ特別な人間だもんね。話が分かるからって、でしゃばったりしないよ。それよりシュリが出勤するなら、僕は一人で店まで歩いていくから気にしないで」

「いや、ボリスとの約束だ。店まで送る」

「じゃあ、すぐ準備する」

「ミカ、いま湯を沸かすから――」

「水で拭くからいいよ。急いでいるんでしょ？　シュリは自分の準備しなよ」

わざと相手の言葉を遮り、早口でまくし立てる。冷ややかな声に泣きたくなった。こんなんじゃきっと嫌われる。そう思うのに改められない。

「そうか……」

汲み置きしていた水甕から、桶へ水を汲む。冬の冷たい水に手を浸ければ、痛いほどだ。布を浸し、身体をさっと拭いた。

暖炉にまだ火が入っていない室内はとても寒く、ごく簡単に済ませて着替えた。


いつもより早く店に着いたのに、ボリスから今日は休みでいいと言われた。

そういえば毎年この時期、小銭を稼ぎたいアダの知り合いに仕事を融通してくれとボリスが頼まれていたのを思い出す。

ソニアは身体を休められるし、ミカは気分転換に出掛けられるので喜んでいたが、今年はささくれた気持ちを仕事で紛らわせず、腹立たしさを持て余す。

仕方なく、ルーイの店に行くことにした。ボリスに一人で行くなと言われていたが、このむしゃくしゃを誰かに聞いてもらわねば気が済まない。

自分はシュリの一番ではない。

いままで当たり前に信じていた自分が情けない。塔の上で女性と二人で親しそうに話しているのを見て、そういう可能性もあると分かっていたはずなのに。好きだと告白されたことで安心し、忘れてしまっていた。

「僕、友だちがいないんだ」

テラス席に腰を下ろした途端、切り出す。すると、茶の短髪にそばかすを頬に散らした青年がからりと笑った。二人分のお茶をテーブルに置くと、正面に腰を下ろし、背を丸めて肘をつく。

「シュリは？　幼馴染みだろ？」

俺は友だちじゃないのかと言い出さないのがさっぱりした彼らしい。

「コッ、こいびとに、なったからさ」

ははーんと語尾を上げた声は楽しげだ。店で噂を聞いているのだろう。ルーイは盛大ににやついている。

「で、惚気に来たのか？」

「違うよ。シュリが友だちじゃなくなったから、僕の友だちって実質いないってこと」

「俺を友だちとして数えたらいいだろ？」

どっちでもいいけど、と他人事のような冷静さで付け加える。

明るい陽射しがテラス席にいる二人を照らすが、気温は低い。冬の空気は乾き、石畳の道は端や溝に氷雪を残していた。

「ルーイはボリスさんに目を付けられてるからなぁ」

「おいおい、誰と友だちだろうが勝手だろ？」

そこは譲れないのか、言葉に熱がこもった。ルーイは自分の考えが周囲とずれていようが、気にせず主張する。

「前にルーイが僕に、恋人同士は寝台の中で運動をするって話をしたとき、ボリスさんが激怒して、それからしばらくルーイの店のお客さんが半分以下になったでしょ？　ボリスさんがルーイを嫌ってるって話しただけで店の売上を落とせる、僕の知らないツテを持ってるらしいんだ。またああいう迷惑をかけたくないんだよ」

「目の敵にされてるとこあるからなぁ。でもアレは知っとくべきだと思うんだけど」

いま思えば、彼のいう運動とやらは、恋人や夫婦同士が行うキスや身体を触る行為のことだったのだと合点がいく。その運動は二人きりで行うものだ。それを知ったいまとなっては、夜の寝台で行われていることは話題にすべきではないと、実感として分かる。

「ミカ、何か悩みがあるんだろ？　俺で良ければ相談に乗ろうか？」

「いいの？」

「下ネタはだめだぞ。シュリにぶっ飛ばされるのだけはごめんだ」

「それは分かってる」

「お、少し大人になったな」

ニッと笑われ、苦笑した。確かに前なら感じなかった悩みだ。

「シュリ、僕に隠し事をしてた。竜のドゥドゥは知ってたのに。ドゥドゥの方が、僕よりずっと仲がいいんだよ」

「ドゥドゥってシュリと契約してる竜だろ？　ミカのライバルって竜かよ。そりゃ強敵だな。で、何を隠してたんだ？」

「本当の名前をドゥドゥには教えて、そう呼ばせてた。僕には何も言ってくれなかったのに」

「ん？　ミカ、お前竜の言葉が分かるのか？」

湯気の立つカップをふうふう吹いていたルーイが驚いた顔をする。ちょっとした優越感を覚え、照れ隠しで自分もカップに口をつけた。

「あんまり憶えてないんだけど、すごく小さいころも竜と話していた気がするんだ。でも、大人になってからは初めてだよ。竜騎士と親しいからかな？」

「竜がそんなことで人間なんかに気を遣うもんか。へー、やっぱミカってすごいんだな」

ルーイはやけに感心する。いつにない反応に見え、首を傾げた。

「やっぱりって何が？　一人暮らしも転職も認めてもらえない無力な僕の何がやっぱりなの？」

「あ、やべぇ。俺そろそろ店手伝わなきゃ」

急にいそいそと席を立つ。残ったお茶を飲みほそうとしているが、熱すぎて飲み切れない。来たばかりなのに置いていくなんて、ひどいじゃないかとミカは唇を尖らせた。

「ちょっと！　僕の悩みを聞いてくれるんだろ？」

「呼び名がどうとか、そんなの本人に理由を聞けば済む話だろうが」

「聞きたくないから相談してるんだろ」

「なんでだよ」

ルーイは気だるげに再び腰を下ろす。渋々ながら聞いてくれるようだ。

「ドゥドゥが知ってるのになんで僕は知らないのかって聞いたら、そんなの嫉妬してるみたいだろ」

「嫉妬以外の呼び方なんてあるのか？　間違いなくあいつ喜ぶぞ」

「竜騎士なんだから、竜の方が恋人より大事だっておかしくないよ。王太子様が来てからシュリは仕事で毎日忙しいんだ。だから……」

そのせいか、夜の触れ合いはミカがお願いしないとしてくれない。ミカから頼まねば、身体を離して寝てしまう。頼んだら頼んだですごくてびっくりしたのだけれど。毎日したくないから、三日分まとめて済ませたのかもと穿った想像もしてしまう。

疲れていたら、シュリだってベッドの端と端で寝たいに違いない。眠りたいのに、触れてとせがむ自分を疎ましく思っているかもしれない。

いやらしいことをしたがるなんてやっぱり普通じゃないのかもしれないし、とっくに愛想をつかされている可能性もある。シュリが自分と恋人になったのを後悔していたらと考えたら、胸が痛んだ。

いくつもの不安が重なり、以前のように気軽にシュリへ聞ける気がしない。

次から次へと湧き上がる不安に、じわりと涙が浮かぶ。

「思い詰めた顔しちゃって。てっきりシュリに押し切られて、流されて恋人になったのかと思ってたけど、案外ミカも本気なんだな」

「そうみたい。僕もいままで気づかなかったけど」

「へぇ、そんなに？」

「うん………本気で好き、みたい」

言葉にした途端、ぽろりと涙が零れた。

「ミカ、泣くなよ。こんなことで」

「だって、勝手に涙が出てくるんだもん」

ぐずりと洟《はな》を啜ったミカはハンカチを探したが、持ち合わせていない。ルーイが呆れつつも自分のシャツの裾を引き抜き、通りからミカを隠すように立つ。

「ほら、これで拭け」

ルーイの腹の前で、彼のシャツの裾を使って涙を拭いた。ハンカチ代わりに涙も鼻水も遠慮なく拭えと、ルーイはぐいぐい押し付けてくれる。

「まったくミカは可愛いなぁ」

「もう子どもじゃないんだからやめてってば」

シャツの布を顔に押し当てられ、くぐもった声を上げた。

「はいはい分かったよ」

ルーイが再びミカの向かいに腰を下ろす。子どもを慰めるような優しい顔で見つめられた。

「恋だねぇ」

「このこと、シュリには黙っててくれる？　言わないで」

「言うかよ。とっととミカが自分で言えよ」

シュリに会いたい。そう思ったらすぐそばにいる気がして、通りへ顔を向けた。あっと声を上げる。そこには騎士服姿のシュリがいた。

「ミカ、いまのは本当か？」

声に気づいたルーイが、ぎょっとする。いつのまにいたんだとぼやいたが、シュリの視線はミカに向けられたままだ。

「シュリ、いたの？　王太子殿下と城壁の外へ視察に行っていたんじゃなかったの？」

「遣いを頼まれて戻ってきたら、お前たちがいた。それで、いま話していたのは本当か？」

顔色が悪い。目つきも怖い上に、よく見れば唇がかすかに震えていた。体調が悪いのだろうか。風邪をひいたのなら、早退させてもらって家で寝かせなければと、あれこれ考えが浮かんだ。

そうしているうちに、名を呼ばれ、返答を促される。

「えっと、本当だけど……どこから聞いてたの？」

「真実なのか。なんてことだ。あぁ、終わりだ。我の心は砕け、もう人の形をとることもできない。二度と……」

絶望したかのような声音に、何事かとミカは立ち上がる。あとずさり、踵を返す背中を引き留める。

「どうしたの？　ちょっと待って！　どうして逃げるの？」

突如街中に強風が吹く。地面から吹き上がる風は、石畳に貼り付いた氷片や土埃を舞い上げた。開けっ放しにしていた扉から風が店内へ吹き込んだ。背後でわっと声が上がる。パチパチと音を立てて氷の粒が飛び交い、ミカもよろめきながら椅子にすがった。

ようやくやんだ突風に目を開けると、シュリの姿はどこにもなかった。

「何いまの風？」

通りにいた通行人が空を見上げ、歓声を上げた。つられて道へ出たルーイもまた、あっと声を上げる。

「なんだあの竜。めちゃくちゃでかいな。風はあれがお通りになったせいじゃないか？」

指された方向を見れば、巨大な銀の竜が飛び去っていく。それを見送るように、ドゥドゥが街の上空をくるくると旋回していた。

「シュリってば、どこに行ったんだろう？　ルーイの店まで来たんだから、もっとゆっくりしていけばいいのに」

「もしかして、あいつ誤解したんじゃないか？」

ルーイが顔をしかめる。何を誤解したのか意味を察するまで、しばし時間が必要だった。

「え？　どこが？　誤解する余地なんてどこにあるの？」

「俺に向かって好きと告白して泣いていた、ってところから見てたとしたら？」

「まさか……ああもう！　あとでちゃんと話しておくよ」

しまったと頭を抱える。タイミングが悪すぎる。しかも誤解を解かずに行ってしまった。辺りを二人で探したが見当たらない。

「俺の平穏な生活のためにも、必ず誤解を解いておいてくれよ」

「話せばすぐに分かってくれるって。ルーイってば大げさなんだから」

シュリを探しに行くため店を出る。ルーイは「うーん」と唸りながら、口をへの字に曲げていた。

夜からしんしんと雪が降り始めた。積もりそうな勢いだ。

シュリはあのまま夜勤番もこなすことになったのか、帰ってこなかった。ならば迎えに来ないのも仕方ない。しかし、会えないのは寂しい。日中の誤解が解けなかったのも心残りだ。

店の三階の部屋で一人で眠る。会いたいのに会えないことがこれほど胸を鬱《ふさ》ぐものだとは、ミカは己の心が変化した事実をしみじみ感じた。


翌日の朝早く、騎士隊の一人がシュリを探しにやってきた。昨日から戻ってこないと騒いでいるらしい。

「それ、僕のせいだと思う。シュリに誤解させてしまったんだ」

肩を落とすミカを見たボリスから何かあったのかと問われ、正直に話した。

ルーイにシュリのことが好きだと話した下りを言うのは恥ずかしくて、頬が熱くなってしまった。

「へそを曲げたんだろ。気が済んだら、また戻ってくるさ。まさかこれぐらいで恋の決着とやらがつくかよ。何よりあいつがお前のそばを離れるわけがない」

ボリスの言葉に騎士隊の人もそれもそうだと納得し、ちょっとした家出だと片付けられてしまった。

「本当にそうなのかな。ボリスさん、僕、胸騒ぎがする。何かあったんじゃない？　強い魔物に出会って、いまごろ怪我をしてるかもしれない」

「あいつが魔物に負けるわけがない。安心しろ」

取り合えってもらえず、ミカはうなだれる。ソニアからも恋はそういうものだと言われ、無理やり自分を納得させた。

しばらくして、ロバで荷車を引いてきた少女が、店の前でボリスと話し込んでいるのに気づいた。

顔見知りの農家の子だ。いつもは御用聞きと野菜の納品ですぐ終わるはずが、なんだか話が長引いている。

ボリスが何か思いついた顔で振り返る。

「ミカ、違う仕事をしてみたいって言ってたな？　農家の仕事を手伝ってみないか？　巡幸で人が増えた分、注文量も納品先も増えて手が回らないそうなんだ。いつも仕入れさせてもらってる農家だからお前も顔見知りだし、困っているときはお互い様だしな。体力仕事だ。いいか？」

なぜこんなときに限ってと迷ったが、ボリスに頭を冷やしたら戻ってくるさと言われたら、自分が気にしすぎているだけな気がしてくる。

帰ってきたらきちんと話そうと心に決め、農家の手伝いをやらせてもらうことにした。

広い農地で汗をかいて仕事ができるなんて、いつもだったらわくわくするのだが、今日ばかりは素直に喜べない。

「店はソニアさんと、昨日来てくれたアダの知り合いに頼んでいこう」

「ボリスさんと一緒なの？」

「なんだ不満か？」

くしゃくしゃと頭を撫でられる。心配でついてくるなんてやはり過保護だが、同時に自分に外の世界を見せようとしてくれているのも分かった。ボリスは頑固だが、優しい。

少女はリリーと名乗った。城壁内へいつも配達に来ていたのはリリーの兄で、今日は収穫に追われて来られないらしい。

手伝いで馬車に一緒に乗ってきたことはあるから、常連の納品先の場所は知っているが、いくつかは道を聞いていかねばならないという。昨夜からの雪で、街の石畳にも雪が積もっている。心細そうな様子に、ミカは彼女の手伝いを申し出た。帰りに段取りを付け終えたボリスを拾っていくことにする。

いつも面倒を見てもらう側だが、今日はこちらが頼られる立場だ。くすぐったい喜びと、しっかりしなければという緊張で気負いつつ、ロバが引く荷車で朝の街をめぐる。

北の騎士隊の詰め所にも野菜を運ぶ。いつもの業者だけでは賄いきれず、リリーの家に直接注文が入ったらしい。

応対してくれた料理番がミカの顔を知っていて、まだ見つからないのかと声をかけてくれた。通りがかったほかの騎士たちから、彼の破けた制服が街中に落ちていたが、相変わらず本人は詰め所にも戻っていないと知らせてくれた。何があったのだろうと、口を揃えて心配してくれる。

「ボリスさんたちは、ちょっとした家出じゃないかって言ってますけど、もしかしたら違うかもしれません。何か分かったら、こちらにも教えてください」

頭を下げると、なぜ家出なんてと不思議がられる。

「僕が悪いんです。戻ってきても、責めないでやってください」

シュリが誤解したのは、自分が彼を不安にさせていたからだ。好きだから嫉妬をしたのだと伝えれば良かったと後悔する。

再度頭を下げた。騎士たちはもちろん知らせに行くと約束してくれた。

心配する彼らの顔はただの仕事仲間ではなく、友人を心配するそれだった。シュリは人付き合いが自分と同じくらい苦手だと思っていたのに、ああ見えてミカより友人が多いのだと知る。

少し前なら嫉妬を感じていたはずのことが、いまは嬉しかった。シュリの素敵なところを分かっている人に彼が囲まれているのが嬉しく、誇らしい。

すべての配達を終えると緊張が抜けたのか、リリーが子どもらしい甲高い声でおしゃべりを始める。手綱を握って御者台に並んで腰を下ろす。足首の出るショートスカートの裾からぴんと足を伸ばし、ブーツのつま先をコッコッと打ち合わせる仕草が愛らしい。

「この街の人は十二の私が配達しても、お金をごまかしたりしないし、みんな良い人だわ。こんな善人ばかりの街は珍しいのよって、うちのお母さんが言ってた。お母さんは海のそばの遠いところからお嫁に来たから、よその街を知ってるんですって」

褪《あ》せた赤のスカーフの下で、くるくると変わる表情を見ているだけで、沈んでいた気持ちが慰められた。

「そうなんだ。僕はここしか知らないから、リリーに聞くまで知らなかったよ。本当にここは良い街なんだね。それじゃあ、リリーのお母さんは海を見たことがあるの?」

「あるよ! 泳いだこともあるんだって」

スカーフから垂らしたおさげ髪を揺らし、リリーは誇らしげに微笑む。

「すごいね。僕もいつか海を見れたらな」

たぶん無理だろうけど、そんな想いを胸の内に隠し、そっと笑みを作る。街の外で暮らしてみたいが、家から出るのでさえ大変だったのだから、無理に違いない。

「ミカさんなら、きっといつか見られるよ」

励ましてくれたのだと分かったが、彼女の朗らかさと自分との温度差に、一瞬言葉が詰まった。

「……どうかな。僕には難しそうだけど」

「誰かに見たいってお話しした？」

「だめって言われるよ、きっと」

つい、本音が零れた。子どもの彼女を困らせてしまったろうかと思ったが、彼女は肩をすくめてにっこりと笑う。

「リリーなら泣いてお願いするよ。お母さんはだめって言うけど、お父さんは泣くとちょっと優しくなるから」

母親は将来を思って厳しく、父親は娘が可愛くてしょうがないからだろう。彼女の笑みから、とても大切にされているのが伝わってくる。

「泣くのはずるくないかな？」

「最後の最後しか使わないもん！」

たわいもない話を少女と交わすのは楽しく、シュリのことで落ち込んでいた気持ちが少し上向いた。

帰りにボリスを拾い、荷馬車で城壁の外にあるリリーの家が所有する作業場へ向かった。

農地が広がる城壁の外を見渡し、シュリがドゥドゥと飛んでいないか目を凝らしたものの、見つけられなかった。

――シュリはいったいいつ帰ってくる気なんだろう。帰って……くるよね？　名前ぐらいであんな嫌な態度取らなきゃよかった。こんな気持ちになるまで気づかないなんて、バカだな僕。

荷車に揺られつつ、ミカはざわざわと落ち着かない胸を持て余した。

城門を出ると、あたりは広い雪原に様変わりしていた。ところどころ畑を掘り返した部分が黒くなっている。

農作物の貯蔵庫を兼ねた作業場へ到着する。二人が手伝ってくれると知り、みな笑顔で受け入れてくれた。気を利かせたボリスが、全員分の昼飯を持参し、それもまた歓迎された。

雪が降り積もった中、ニンジンを折らないよう丁寧に、だが素早く抜いていく。

風が強くなり、雪が頬に叩きつけられる。吹雪き始めたが、降雪が少ないので視界は悪くない。これぐらいならよくあることだと、リリーも吹雪を苦にすることなく作業を進めていく。

ボリスはすぐに要領を呑み込んだが、ミカには向いていなかったようで、葉物の手伝いを任された。野菜が傷つかないよう積もった雪をかき分けるだけで、手が冷たくてびりびりと痛んだ。

はあはあと吐息で指先を温めていると、無理をしなくていいとリリーに慰められた。それでもキャベツにホウレンソウと青菜類をいくつも収穫しては籠に載せ、明日の配達分として、住居を兼ねた倉庫へ運んでいく。

「去年まで手伝いに来てくれた人が来られなくなって困ってたの、今日は助かったわ」

リリーの母の言葉に、自分でも役立てることがあると勇気づけられ、全力で作業を進めた。

昼食をとると、次はジャガイモだ。リリーの母が雪を払い、根をどんどん抜いていく。その後ろをリリーと二人で掘った。

「雪の中から掘るなんて大変だね。僕はいつも室内で働いているから、こんなに大変だって知らなかったよ」

「雪が積もった方が、野菜が霜で凍らないのよ。それに甘くなるの」

ときおり言葉を交わしたが、彼女の手は止まらない。ミカも彼女に倣って、必死に作業を続けた。

充分な量を収穫すると、今度はお遣いを頼まれる。

「二人で猟師小屋までお肉を取りに行ってくれない？　小屋に煙が立ったから、今朝猟に出たおじいさんが戻ってきてると思うの」

森の端にある猟師小屋は少し距離があるが、ここから見える。

ミカはリリーの母親に頷いてから、離れた畑にいるボリスに手を振った。小屋のある方向を指して、叫ぶ。

「ボリスさーん、あそこの小屋までお遣いに行ってきまーす！」

分かったという短い返事とともに、ボリスが両手で大きな丸を作る。

「いってきまーす！」

大きな声を出したのは、いつぶりだろうか。追いかけっこをして遊ぶぐらい小さなころを除けば、こんなに叫んだのは初めてかもしれない。

「今日は初めてのことがいっぱいだ」

雪原を見渡し、ミカの瞳は喜びと興奮で輝く。シュリが帰ってきたら、話したいことばかりだ。楽しかったんだよと伝えたかった。彼に話を聞いてもらいたい。

――早く帰ってきてよシュリ。

胸の内で願いつつ、二人で空のソリを引く。新雪に足跡を付けながら猟師小屋へ向かった。

血生臭い匂いがぷんと漂う小屋の裏手は、雪が赤く染まっている。

小屋から出てきたリリーの祖父と挨拶を交わす。今日は鹿を仕留めたらしい。捌《さば》いたものを取りに一緒に裏手へ回った。

肉は店でも扱うが、配達される精肉の形でしか見たことがない。興味深く見ていると、毛皮も骨も内臓もすべて捨てずに食べるか使うかするのだと教えてくれた。内臓はよく洗って、ソーセージに使ったり、香草を使った秘蔵のタレに付け込んだりして食べるのだそうだ。

知識では知っていたが、目の前にすると、命を頂いているのだと実感した。

ヒノキの葉を枝ごとソリに敷き、そこへ鹿肉を載せていく。手際の良いリリーたちから少し遅れて運んでいると、森が騒がしいのに気づいた。

針葉樹の暗色の葉がしきりに揺れている。気になって見上げていると、黒っぽい塊がいくつも見えた。何かの生き物らしい。血の匂いに誘われて寄ってきたのだろうか。

「あの動物はなに？　狐が長い甲羅《こうら》を背負ってるみたい」

じゃばらのように伸び縮みする甲羅と、細長い胴体、小さな目は白く光っている。

リリーの祖父が足を止め、顔をしかめた。

「ありゃあクッツキ獣だ。魔力の強い大きな魔物にくっついて、その魔力を吸って生きる魔物だぞ。なんでこんな森の端にいるんだ？　竜の縄張りになっているここに、あいつらが好きな大物の魔物なんているはずがないんだがな」

魔物と言われてミカはぎょっとしたが、二人は落ち着いている。

「魔力のない人間には興味がないわ。こちらから近づいたり攻撃したりしなければ大丈夫よ」

そう言って作業に戻っていくが、ミカにはクッツキ獣がこちらを見ているようで落ち着かない。気のせいだと自分に言い聞かせ、二人のところへ戻ろうと振り返った瞬間、魔物たちが一斉に樹上から飛び降りた。間違いなくこちらへ向かって駆けてくる。

「リリー！　逃げて！」

小屋へ向かって走る。獣たちの素早さに比べ、自分の鈍重な動きに泣きたくなった。

肩をどっと押され、重い衝撃が走る。倒れると次々に飛びかかられた。孫の悲鳴に気づいた彼女の祖父が駆け寄って蹴り飛ばし、クッツキ獣を剝がそうとしてくれたが、牙《きば》が深く入って離れない。

「とにかく小屋まで走るんだ！」

痛みより恐怖が勝ち、支えてもらいながら肩に噛みついた獣ごと立ち上がって走る。

硬い甲羅を丸め、飛び跳ねたクッツキ獣に体当たりされる。何匹も飛びかかってきたうちの一つが、ミカを引きずるように走っていたリリーの祖父の後頭部に直撃してしまい、気絶してしまった。

「おじいさん！」

その間にも魔物たちは次々とミカに群がり、牙を立てて噛みつく。牙は食い込んでいるが、肉を引きちぎられることはなかった。放す気はないが、いますぐ食らう気もないようだ。

「ミカさん逃げて！」

リリーが震える手で手斧《ちょうな》を掲げ、叫びながら来ようとするのを必死に声を上げて止める。

「だめだ！　君は小屋の中に逃げるんだ‼」

長い胴体を巻き付け、ひしと身体にしがみつかれて、離れない。次々と飛びかかられ、噛みつかれ、胴の甲羅で挟まれる。手足に牙を食い込ませて絡みつかれては這うこともできない。

動けずにいると、身体が浮き、森へ向かって移動を始めた。ミカの身体の下に別の個体がいくつも入り、持ち上げていた。

森に引き込もうとしていると分かった。痛みに呻きながら手足をばたつかせる。

怖いだろうに、リリーは気絶して倒れたままの祖父のところまで行き、身体を揺すってミカさんを助けてと叫んでいる。

幸いなことに、クッツキ獣はこちらにばかり群がり、彼らを襲う気はないらしい。

「ボリスさんに助けを呼んで！」

獣たちの身体の間から、リリーが泣きながら頷いたのが見えた。

首に噛みつかれ、視線を遮られた。魔物の腹が顔を塞《ふさ》いでいる。腹は短毛に覆われているが、頭を挟んだ甲羅は硬く、強力に挟まれたことで次第に意識が薄れていった。


気がつくと真っ暗な場所にいた。

土の香りと圧倒的な獣の匂いに、これが夢ではないことを知る。彼らの巣穴なのかもしれない。

白く光る目がいくつも見えてぞっとする。恐怖と同時に、ボリスたちに心配をかけてしまったと、申し訳ない気持ちになった。

――ごめんね、ボリスさん。母さま。

一人前になんでもできると思っていたのに、結局みんなに迷惑をかけてしまった。

己の未熟さが情けない。指先を動かそうとして、痛みが走る。噛みつかれたようだ。身体を動かそうにも動けない。どうやら身体中、上にも下にもクッツキ獣がぎっしりと蠢《うごめ》いているらしい。それらが舐めたり噛みついたりしてくる。

じくじくとした痛みは、いますぐ命に危険があるようなものではない。味わうために、獲物を固定するのに似ている。もちろん血は流れているだろうから、このままならいつまでも生きていられるわけではないだろう。

服は噛みちぎられていた。クッツキ獣という名だけあって、彼らはミカの身体にくっつき、噛みついた場所に舌を伸ばし、舐めている。首に胸、そして奇妙なことに尻と股間が好みらしく、特に多く噛みつかれる。尻たぶも股間も数度噛まれたが、いまは何頭もの頭が突っ込まれて噛む隙間がないらしく、複数の舌が伸ばされていた。

尻の窄《すぼ》まりの縁を這う舌が中へ潜り込もうとするのを、必死で力を入れて拒んだ。

「ひっ……やだっ……」

怖気が走る。手で塞いでしまいたくとも、彼らに圧し掛かられて動かせない。痛みと嫌悪感にひたすら耐えた。

身体にこすり付けたいのか、背中の甲羅を押し付けてくる個体もいる。

びっしりと乗られ、胸が苦しい。恐怖で頭がいっぱいになる。

「シュリぃ……助けて……いや――――ッ！」

恐怖で混乱し、悲鳴を上げる。声は反響しなかった。きっと狭い穴なのだ。ミカの声はきっと外には届かない。

声を上げるたびに彼らの耳がピンピンと動くのを触れた肌で感じたが、どれだけ声を上げようと反応はそれだけだ。身体を舐めるのに夢中らしい。

白く光る目が浮遊するように、右へ左へと現れては消えていく。

「僕の身体、おいしいのかな……」

痛みで頭が朦朧《もうろう》としている。ぼんやりと、魔物たちは人の身体から出る汗などの塩を求めているかと思ったが、ミカが涙を流しても寄ってこなかった。

ふと、シュリの精が残っていたのかもしれないと思い至る。

昨晩は一人で店の三階の部屋で寝た。最後に身体を拭いたのは昨日の朝で、冷たい水でさっと拭いて終わってしまった。

嚙みついた口が離れる。肌に刺さった牙が抜け、再び別のクッツキ獣に嚙みつかれた。ぐうっと声が漏れる。痛みに呻き、嫌だと泣いても、声はどこにも届かなかった。

◆　◆　◆

勢いを増した吹雪の中、ボリスは森をやみくもに走っていた。

あのあとすぐに駆けつけたが、予想以上に魔物の足が速く、ミカの姿は消えていた。雪の上に残っていた足跡は森に入り、積雪の途切れた場所まで来ると分からなくなってしまった。

俺は馬鹿だ馬鹿だと、繰り返し己を責める。

ミカが魔物に連れ去られた報は、速《すみ》やかに街へ知らせた。騎士がまもなく駆けつけてくれるだろう。

だが、どこを探せというのか。引き摺《ず》ったのならいくらか跡が残っているはずだが、雪の上には足跡も、折れたばかりの小枝も見当たらない。

「木の上を抱えて飛んだか、持ち上げて運んだか」

それらしきものはいくつか見つけたが、どれを追っても先は途切れたり、曖昧に消えてしまったりしていた。

冬の森は見通しが良いはずなのに、連れ去られた方向すら分からない。

見えているからと、油断してしまった。収穫作業に集中しすぎてしまい、小屋に着いたのを確認してからは地面ばかり見ていた。リリーの叫び声でやっと気づき、駆けつけたが、間に合わなかった。

魔物に飛びかかられる姿をこの目で見た。持っていた短剣を投げたが、距離がありすぎてなんの役にも立たなかった。必死で足を前に出して雪原を駆けながら、連れ去られるあの子を見ているしかなかった。

「クソッ!!」

絶望に傾きそうになる心を叱咤し、必死で森を歩き回る。

「ボリス殿！　ミカ殿下はどの方向へ連れ去られましたか!?」

馬に乗ったマリウス隊長が追いつき、方向を問われる。不甲斐なさと悔しさでとても顔向けできないが、いまは体面を気にしている場合ではない。

「分からねぇ！　さっぱりだ。木の枝を伝って移動しているのかもしれん。空から探させろ！　シュリは？　あいつはどこだ！」

怒鳴らんばかりに声を上げる。吹きつける雪に目を細めつつ、マリウスは首を振った。

「昨日から戻らず、そのままです！　我らも探しましたが、街の中にも外にも見当たりません。塔には竜が残されていますし、急な任務も起きていません。やつだけが唐突に消えてしまったんです」

「こんなときに役立たずがッ！　くそ……役立たずは俺だ……」

膝をつき、かじかんだ手を地面に叩きつける。湿った森の土が膝の布を濡らし、冷気とともに身体を重くさせた。

「しらみつぶしに探すぞ。まずはここを中心に四方へ散れ」

マリウスは率いてきた隊を振り返り、号令をかける。鍛えられた騎士たちは猛烈な風雪の中、ときおり立ちふさがる魔物と戦いつつ、四方に分かれて探索を広げた。

陽が沈んでも、ミカは見つからなかった。

気絶していたリリーの祖父が目を覚まし、攫ったのはクッツキ獣に間違いないと証言した。

捜索はいったん打ち切られ、日の出と同時に再開される予定だ。明日は街の住人も加わる。

仮の陣として借りた農家へ、ソニアの名前で夕食の差し入れが届いた。手紙が添えられ、ドゥドゥに頼みに行くとある。

ボリスは騎士の馬を借り、街へ取って返すと塔へまっすぐ向かった。その途中で、竜の咆哮が聞こえた。怯えた馬が足を止める。

暗い空にきらりと光るものを見つける。雪雲の合間から覗く細い月が、ドゥドゥの首鎧を照らしている。ドゥドゥは咆哮を繰り返しながら、太古の森へ向かって飛んでいった。

護衛の歩兵とともに、塔から戻ってきたソニアが坂を下りてくるのが見えた。普段もきれいに結い上げている髪が激しい風に嬲られ、ざんばらにほつれている。

道の両脇には、事件を聞いて心配する街の人々が悪天候にも関わらず姿を見せている。厳しい彼女の表情に、誰も声をかけず、ただ息を詰めて見守っていた。手を合わせ、神に祈っている者もいる。

膝を付いたボリスが謝ると、ソニアは拒絶した。

「あの子が戻るまで、あなたの謝罪は受け入れません。必ずミカを探し出して。こんなときこそ、彼の力が必要なのに。何も言わずにミカから離れるなんて信じられないわ。すでにあの子を一人で探しているのではなくて？」

「違うようです。今朝、ミカが話していた誤解の件かと」

そこでボリスは声を落とす。

「恋の決着がつくまで元の姿に戻れないと聞いています。もしかしたら求愛を明確に拒まれたと思い込み、去ってしまったのかもしれません。ほかに理由が思い当たりません」

「なんてことなの」

額に手を当て、ソニアが首を振る。絶望の色が一瞬浮かんだが、大きく息をつくと、再び瞳に気力を漲らせる。

「一方的に私が話しただけですが、ドゥドゥにシュリの居場所を聞いたら首を振られました。ならばとミカを探せないか頼んでみましたら、飛び立ってくれました。分かってくれたと思いたいわ」

「陽が昇るまで、俺は何もできないのか……」

ソニアは護衛してくれている歩兵に聞かれぬよう、軽く屈み小声で話す。

「ボリス、竜騎士だったあなたなら、竜のことを私よりも分かっているわよね？」

「そうですが、契約相手の竜以外とは話せません。ドゥドゥに頼んでも、俺を背に乗せてはくれないでしょう」

「あなたが彼を手元に置くことにした理由は以前聞いたわ。彼は竜で、あの子を守るために必要だって。いまこそ彼が必要よ。竜の嗅覚は人より鋭いと聞いたことがあるわ。例えばミカの匂いのついた服や寝台を森の端で燃やしたら、気づいたりしないかしら？」

「彼らは匂いで獲物を狩るわけではありません。さすがにそこまでは分からない」

悔しげに首を振るボリスの肩を掴んだソニアが、それでもと粘る。彼女の瞳は、愛息を見つけるまで決して諦めないと、固い決意に燃えていた。

「あらゆる可能性を探るのよ。あの子は竜王の魂の番なのでしょう？　特別なのではなくて？」

「我々には分かりません。ですが、森が燃えれば何かあると気がつくでしょう。森に火はつけられないが、そう思わせられれば、シュリを呼び寄せられるかもしれない」

きらりと瞳を輝かせた彼女は、ぴんと背を伸ばす。

「森の端で大きな火を焚くわ。竜が、森が燃えていると誤解するほど大きな火よ」

表情を引き締めたボリスが頷く。

普段からは想像もつかないほどきりりとした声で、ソニアは街の人々へ協力を頼んだ。街外れの廃屋なら廃材が取れると誰かが言い、荷馬車を出す者、生木を切り出しに行く者などが次々名乗り出る。

ソニアがとりまとめてあとから向かうことにし、ボリスは店にあった薪を抱えられるだけ抱え、先に森の端へ向かった。

ミカが攫われた場所のそばで火を焚いた。煙は多ければ多いほどいいと言うと、農民たちが針葉樹の葉を足した。意識を取り戻したリリーの祖父が、小屋ごと燃やしてくれと申し出る。さらには森に入るときに使っている、燃やすと異臭を放つ魔物払いの香木を大量に供出してくれた。これから夜通しでその木を新たに切り倒し、さらに火にくべて燃やすそうだ。

幸いなことに風はきつく、森の深部へ向かって吹いている。これなら竜が多く住むという太古の森まで届くだろう。

人間も顔をしかめるほどの刺激臭を持った煙が森に流れていく。シュリは分かってくれるだろうかと不安を押し殺し、ひたすら祈った。

そこへ、ソニアが荷馬車に乗って現れた。ほかにも数台荷馬車が続き、一定の間隔を空けて、大きな焚き火を作っていく。彼女が乗っていた荷馬車からは、ミカの使っていた寝台と寝具が乗っていた。

「ソニア殿、これも燃やしてしまうのですか？」

「無駄だとしても何もせずにはいられないわ。思いつくものはすべて試します。あの子を取り戻すためなら、無様だろうとなんでもするつもりよ」

込み上がる涙を拭きもせず、ソニアは勇ましい表情で惜しげもなく火にくべていく。ボリスが手伝おうと手を伸ばすと、断られた。

「あなたはこれを食べて寝なさい。夜が明け次第、また森に入るのでしょう？　弱った身体では何もできないわよ」

肩に提げていた鞄から、パンに店の残り物を挟んだサンドイッチを差し出す。それをボリスは跪《ひざまず》いて受け取った。

「ソニア様、かしこまりました」

◆　◆　◆

煙は高く立ち上り、風に乗って広がった。魔物たちは異臭に落ち着かない様子で、ぞろぞろとあたりをうろつき回る。それを太古の森に住む竜たちも気づいていた。

シュリはかつてよくねぐらにしていた山頂近くの洞穴にいた。

十二年前、王が突然不在となって以降、シュリの次に強い竜が代理として睨みを利かせ、竜族を治めていた。戻った王を彼らは恭《うやうや》しく迎えてくれたが、裁定者としての役目は任せたままだ。ほかの竜の争いを収める余裕はまだ持てない。

太古の森には火山が多く、洞穴の奥は温かい。久方ぶりに竜の姿に戻ったが、獲物を狩る気分にもなれず、ふて寝のごとく過ごしていた。

高慢だった自分が、傷心してねぐらに引き籠もるなど笑ってしまう。愛を知らぬ竜に下された天罰が他種の魂の番と出会うことだというのは、なるほどこういう訳かと納得してしまう。

『失恋をしても、恋しい気持ちは失われず、我の中で燃えている。寿命が尽きる日まで、報われぬ想いに身を焦がして生きねばならぬのか。ミカのそばにいるうちは、他種族の魂の番と出会うことの何がいったい天罰なのかと思ったが……まさに天罰だな。心の痛みはいくら竜でも癒せぬ』

シュリが持つ霊鱗のうろこは透明で、清澄色は誰よりも長い寿命の印だ。

かつての自分に怖いものは何もなかった。しかしいまは、不治の痛みとともに長い年月を愛しい番なしに生きるのが怖い。

失恋とはこれほどまで心を弱くするのかと、知らなかった己の新たな一面に静かに驚く。

『このまま何も食べなければ、いつか死ねるだろうか』

洞穴の中に流れ込んだ風が、いつもと違う匂いを運んだ。火山の硫黄やガスの匂いとは違う。人の住む領域から離れたここで異臭が起きるなど、めったにない。しかもその匂いは、人間が森に入る際に使う、魔物払いの香木のものだ。

注意深く嗅げば、うっすらと木が燃える匂いもある。

『香木の林に落雷して火事でも起きたか？』

竜にとって餌である魔物が焼け出されては困る。低く唸ると、洞穴の入り口に控えていた竜がよそ者が騒いでいると伝えた。

胸騒ぎを覚え、様子を見るため外へ出る。久しぶりの陽光に目を細めると、一匹の竜が何か叫びながらふらふらと飛んでいた。

周りには、近くを縄張りにする竜や、臣下の一員として王に仕える竜たちが飛び、追い出そうとしている。

『騒ぐんじゃない。旅から戻られた王を煩わせるな』

『あのお方をみだりに起こすな、名を呼ぶな！　ご機嫌を損ねたら、同族といえども我らの身がどうなるか分からんのだぞ』

『暴走した王を止められる竜はいないのだ。お前は若いから昔の王の暴れようを知らないのだろう。知っていたら安易にあの方の名前を呼べるわけがない！　やめんか馬鹿者！』

小突かれた竜は、それだけで力なく斜面に落ちる。緑鱗の身体には、あちこち擦り傷ができていた。

死骸にたかる猛禽類《もうきんるい》のように、その周囲を数匹の竜が飛び回る。まだ若いらしい小柄な竜は小突いてきた竜を責めず、頭を上げて声を張り上げる。

『ここにシュリシュマ様がいらっしゃると聞きました。私はシュリシュマ様に会いに来た、サンベルムのドゥドゥです！』

見慣れた緑の竜体に目を瞠る。

とっさに、魂の番に愛想をつかれた自分を見られたくないと怯えが走った。暴虐の王と恐れられた自分が、小物の竜から隠れるなど情けない。だが、彼を知る者の前に平然と立てる自信がなかった。

『その名を口にするな！　お前ごとき小竜が、竜の王に戦いを挑もうというのか？』

『違います！　急ぎの用件を伝えに来たのです。私の話を聞いてください！』

『どこかの力自慢が挑戦状でもよこしたか？』

ギャアギャアと鳴きながら、足先で再びドゥドゥの頭を小突く。

『竜王様の魂の番様の件です！　番様は竜界が五つに割れて大抗争を起こしたという、災いの美姫の生まれ変わりかもしれないお方。悔いが残ることになれば、シュリシュマ様がどれほど荒れてしまわれるか想像もつきません。何よりあのミカ様がいまも苦しんでおられるかと思うと――』

『シュリシュマ王が不接近命令を出した、あの虹色に輝く魂の人間か？』

一頭の竜が、ドゥドゥを小突こうとしていた仲間を制止する。ミカを知っているようだ。その言葉で、ほかの竜たちもあの子のことかと態度を変える。

『おお、それなら私も一度見に行ったことがある。可愛い子で、小さな竜巻を作ったら喜んでいたぞ。命令がなければ、あの子を私の巣に招きたかったのだが』

『そのお方が昨日、魔物に攫われてしまったのです。こちらに竜王様がおいでと聞きました。お取り次ぎ下さいませ』

ドゥドゥはオイオイと泣く。数瞬後、シュリは銀の翼をはためかせ、ドゥドゥの前にいた。その姿を見た竜たちは一斉に下がり、頭《こうべ》を垂れる。

『我の背に乗れ、飛びながら話を聞く』

力強く羽ばたき、ドゥドゥを乗せるとあらんかぎりの魔力で烈風を生み出し、みるみる速度を上げた。背後から残された竜たちが追いかけてきたが、あっさりと引き離し、ドゥドゥがひと晩かけて飛んだ距離を数時間で飛びきる。

ぽつんと小さく街が見えたところで風魔法を緩め、高度を下げていく。幸い、まだ陽は高い。シュリは煙の匂いが段々と濃くなる方向へ身を翻した。

あまりの速度に背中へしがみつくので精一杯だったドゥドゥから、ようやくあらましを聞く。

『我がそばにいたら、クッツキ獣など近づけさせなかったのに』

グウと唸り声を轟《とどろ》かす。

ミカが誰を好きだろうとそばにいたかった。しかし、明確に失恋を意識した途端、人間の身体を保てなくなった。街中で竜体に変化しては、巨体で周囲の建物を押しつぶしてしまう。

森の端で煙の柱がいくつも見えた。そのうちの一つから、憶えのある匂いの流れを見つける。それを辿れば、ソニアの姿があった。

こちらの姿を見つけるとソニアは何かを叫び、森を指さす。了解の意味を込め、上空で旋回し、示された方角へ飛んだ。

葉の落ちた森に騎士たちが散在している。まだ発見できていないようだ。魔物に遭遇し、手を焼いている隊もある。確かにこれでは捜索がはかどらないだろう。

森の奥では巨木の針葉樹が密集して生えている。そこに当たりを付け、ドゥドゥを背に乗せたまま、森へ突っ込んだ。

ドゥドゥがシュリの背に伏せ、ひいひい喚いている。

大きな翼で樹々をなぎ倒しながら進んでいるためだ。人の入らぬ森の奥の奥は、軽く五百年を超える大樹ばかりが乱立している。なぎ倒すたびに地響きが立った。硬いうろこを持つ竜だとて、そう簡単にできることではない。痛みもあったが、シュリは構わずなぎ倒し続ける。

『ミカ！　どこだ、どこにいる⁉』

咆哮を轟かせれば、樹上をすみかにしている魔物が飛び上がり、地に住む魔物は巣穴へ逃げ帰る。

激した心のまま風魔法を駆使し、竜巻を起こした。

森に積もった雪は一瞬で吹き飛び、若木は倒れ、大木は枝葉を無残に落とした。それでも探す魔物は見つからない。

『ミカ！　ミカ！』

ドゥドゥから、ミカを攫った魔物の特徴は聞いている。小物の魔物だ。だからこそ発見が難しい。

身体が大きければ巣穴の数は限られる上、簡単な意思疎通ができる魔物もいる。見つけられずとも、天敵の少ない強い魔物ならば、巣穴の周りには彼らの匂いが広がっているはずだ。

しかし、クッツキ獣は強い魔物に貼り付き、甲羅の色を保護色に変え、魔力を吸い上げて生きる弱い魔物だ。宿主が弱らぬ程度に吸い、寄生する。集団でいたということは、まだ宿主を見つけられずにいる幼体だろう。

『人間のミカに吸い取るような魔力などないのに、なぜだ？』

樹々をなぎ倒して見晴らしの良くなった山の頂に降り立ち、足を踏み鳴らす。地中まで響き渡るよう、鋭い咆哮を上げた。

『踏みつぶされたくなければ、姿を現せ！』

振動で穴の中に隠れていた生き物や魔物が一気に這い出してくる。湧いて出るそれらを睥睨《へいげい》し、求める魔物を探した。ドゥドゥもシュリの背後を見渡し、ともに探す。

幾度か繰り返し、ようやくクッツキ獣を見つけた。威嚇して巣穴に案内させたが、ミカの姿はなかった。人間を攫った仲間がいないか聞き出したかったが、知能の低い彼らに言葉は通じない。

それを二度繰り返し、そのうちの一匹がぴょんとドゥドゥの背に飛びつこうとした。ドゥドゥが怒って振り落とす。

『一番魔力が強い我々に寄生したいのだろうが、竜はお前たちをくっつけるほど間抜けじゃないぞ！』

長いしっぽで器用に弾き、遠くへ打ち放る様を見て、シュリは気づく。

『そうか、一番強い魔力を持つのは我らか』

『気の荒い竜は簡単に踏みつけて殺してしまうので、めったに寄ってきませんけどね』

『ミカには私の匂いがついていた。そのせいだろうか』

『匂いに魔力は宿りませんよ。体液ならともかく』

ぐらりと身体が揺れる。無言になったシュリにドゥドゥは怪訝な視線を向ける。

『もしやシュリシュマ様、心当たりが？　すでに繁殖行為をなさってらっしゃったのですか⁉　あなた様の精を拭いて差し上げずに、一人で外を歩かせたのですか⁉』

いきり立ち、天へ向かってぴんと広がっていた翼が、しおしおと地面へ下ろされる。

『お前が我をシュリシュマと呼んでいるのを知った日だけ……あの日だけだ』

『竜の精ならクッツキ獣にはごちそうですよ。森の端でそんな魔力臭をぷんぷんさせていたら――』

『私のせいだ！』

嘆きと憤りがないまぜになり、銀の巨体で大樹を押し倒しながら叫ぶ。ドゥドゥは悲鳴を上げ、押しつぶされぬよう飛び上がった。

愛しい番の名を呼びながら、片端から樹々をなぎ倒していく。

『魔物たちよ。命が惜しければ、クッツキ獣を我の目の前に連れてこい！　我が探す者どもを連れてこなければ、この森の魔物は皆殺しだと思え。お前たちは増えすぎた。人間のすみかにまで現れ、我の魂の番を奪った罰を受けさせてやる』

目についた魔物を片端から捕まえると、威嚇して回る。

いくらか知能のある魔物がクッツキ獣を捕らえて持ってくる。逐一匂いを嗅いでは首を振った。殺気立った竜の王に、生きたまま連れてこられた魔物たちは失神していく。

『シュリシュマ様！』

ドゥドゥとは違う声に顔を上げる。山に置いてきたはずの竜たちが、ここまで追いかけてきたようだ。

『我らにも王の番様を探させてください』

シュリは頷き、ドゥドゥに先導させ、ソニアのところで匂いを憶えてくるよう命令する。

そうして複数の竜が森のあちこちで暴れ、魔物がいる森が平地へ変わっていく。追われた魔物はさらに奥へと逃げ、森の中の混乱は大きくなっていった。

ミカの匂いを探して地面を嗅ぎ回り、場所を変えては樹々をなぎ倒し、また探す。合間に魔物たちへ恫喝《どうかつ》同然の号令をして歩いた。

夕陽が沈もうとするころ、潰した樹々の合間から、ひょろりと長い甲羅を持ったクッツキ獣が姿を現したのを見つけた。その背は茶色だが、うっすらと白っぽい。宿主がいなければ土色に変えているはずの保護色が、やけに明るいことにはっとする。

『シュリシュマ様！』

同時に見つけたドゥドゥの叫びとともに、シュリがすぐさまクッツキ獣が出てきた巣穴を見つけた。鼻先を突っ込み、間違いないと叫ぶ。

穴を掘ろうとして、自身の長い爪に気づき、手を止めた。むやみに荒らしては、ミカを傷つけかねない。代わりに、その上の途中で折れた木の株にするどい牙で噛みついた。

引っこ抜こうとするが、折るときは容易にできたはずの木はびくともしない。五百の齢を超える老木の根は硬く、一帯の地中深くまで伸びている。

『私も手伝います！』

ドゥドゥは土が口の中に入るのも構わず、大きな根を狙って噛み切っていく。三度、四度と繰り返すと、ようやくぶちぶちと根が引きちぎられる音が立つ。

鍋の蓋を開くように、最後は一気に抜けた。巨大な根の下には、案の定空洞があり、甲羅を薄い茶色に変えたクッツキ獣が密集している。シュリに鋭く咆《ほ》えられると、蜘蛛《くも》の子を散らすがごとく逃げていく。

布の端切れが散乱し、中央には血を滲ませた獣の歯形が無数に残る、痛ましい姿のミカがいた。身体を覆う布は足元にわずかに残っているだけだった。

血の気の失せた肌は青白く、瞳は閉じられている。意識がないようだ。

『ミカ！』

意識を失っているミカをシュリがそっと舐める。薄く目が開くのを見て、生きていることに歓喜した。

『ミカ様！』

見覚えのある緑の竜へ金茶の瞳が向けられる。

「ドゥドゥ？　君が助けてくれたの？」

『違います！　シュリシュマ様が――』

「シュリ？　どこ？　どこにいるの？」

嚙み痕のついた腕がふらふらと上がる。血を流しすぎたのか、顔色が悪い。

『ここだ。ここにいる。ミカ、我がそばを去ったせいで、すまない』

視線をさまよわせ、どこにも人間の姿がないと分かると、ようやく銀の竜へ焦点を合わせる。

「君、憶えてるよ。子どものころ、大きな銀の竜が飛んでいるのを見たんだ。とてもきれいで見惚れたよ。また会えたね」

力の入らない声を拾おうと身を屈めると、鱗の間から赤い粒が一粒落ちた。それは転がり、ミカの左手へぶつかって止まる。

赤い珊瑚のビーズだ。竜の姿に戻った際、弾けたチョーカーがうろこの間に残っていたものだろう。

左の腕が痛むのか、腕を上げずに指の腹で糸を通す穴を探し当てる。感触だけでそれが何か察したようだった。彼の視線が、長い首の正面にある透明なうろこを探す。目が見開かれ、すぐさまほっと表情を緩める。

「ああ、そうか。君がシュリだったんだね？」

『我は竜だ。お前に恋し、人間の姿をとっていた。お前に正体を告げず、すまなかった』

ショックを受けるかと思いきや、彼は嬉しげに微笑む。

「シュリ、聞こえた？　僕、ずっと名前を呼んでたんだよ？」

冬の冷気に身体が冷え、指先が震える。

『ミカ、持ち上げるぞ。このままでは凍える。お前を攫った奴らは蹴散らした。もう心配しなくていい』

竜の手は人間ほど器用ではない。牙を引っ込めたシュリが、そっと嚙み、持ち上げた。傷に響いたらしく痛みに呻く。

卵を抱える親鳥のように、シュリはぐったりとしたミカの身体を手のひらへ乗せた。翼で風を防ぎ、冬の冷気から守ってやる。

『人間ではここまで来るのは難しいでしょうから、私が運べるような布や服を持ってまいります』

ドゥドゥが飛び立つ。ミカはシュリの手の中でぶるぶると震えていた。硬いうろこの内側にある体温をミカに伝えられないのが歯痒い。

『人の身体ならば抱き締め、直接温められるというのに。我はなんと無力なのだ』

いくら魂の番だろうと、そう都合よく姿は変えられない。悲しさに甲高い鳴き声を上げると、発見に気づいた竜たちが集まってくる。彼らへ命じ、少しでも冷たい風から守ろうと、翼を立てた竜たちに周囲を囲ませた。

「……シュリ」

小さな声が、竜体の大きな瞳を潤ませる。

『無理にしゃべるな。傷にさわる。お前を失いたくない。人間は少しの血で死ぬと我は知っている。頼むから死なないでくれ』

「僕、会いたかったよ。シュリにすごく会いたかった。それを伝えたくて」

『我もだ。我も会いたかった。どれほど見苦しくても惨めでも構わない。我をお前のそばに置いてくれ』

ドゥドゥを待てず、そろそろとシュリは歩き出す。飛ぶ以外は基本四足歩行の竜にとって、後ろ足だけで歩くのは得意ではない。

しかも周りを十頭近い竜で固め、飛ぶことなく密集して歩く姿は竜たち自身にとっても初めてのことだ。竜の翼を薔薇《ばら》の花びらのごとく重ならせた集団がゆっくりと森を移動していく。

途中、ドゥドゥが持ってきた毛布でミカをくるみ直した。ソニアが用意していたのだろう、毛布の中にはフェルトで包んだ温石《おんじゃく》があった。それを抱かせると、わずかながら唇の血色が良くなる。

『みな、お前が心配だったのだな。我が思うように、ソニアもボリスも、おそらくルーイもまたお前を心配していたに違いない。もうすぐみなのところへ返してやるからな』

「シュリも一緒だよね？」

『いや、街の外に残る。あの家はミカとルーイで住めばいい。お前は彼を愛しているのだから、我は、我は……あぁ、我は泣いているのか』

銀のうろこが濡れ、頬から首へ線を描くように色を変えていく。心が揺れるたびに、己の瞳から熱い液体が湧き出るのが、シュリには新鮮だった。ほかの竜が泣いているのを見たことはあっても、自分自身がこんなふうに涙を流したことはなかった。

「やっぱり誤解していたんだね。ルーイに話したのはシュリのことだよ」

『我の話？』

抱かれたまま、ミカは竜の胸へ手を伸ばす。傷ついた手が、胸の硬いうろこを撫でる。

「シュリが本当に好きだって話。もちろん恋人としてね」

『我は誤解をしていたのか』

「僕がはっきりしなかったからだね。悪いのは僕だよ」

身体が痛むだろうに、撫でる手は止まらない。痛みを想像し、シュリははらはらしてしまう。

背を伸ばそうとして、ついに痛みに呻く。キューと鳴いて鼻先でちょんと触れると、微笑んでくれた。

「僕、恋人として未熟だった。シュリに誤解させてしまったのは、信じてもらえるだけのものを僕が差し出さなかったからだ」

『我も未熟であった。我の恋人になると言ってくれたお前を信じるべきだった』

果実のごとく甘やかな金茶の瞳に涙が溢れる。それを見たシュリもまた、マルベリー色の大きな瞳を濡らした。

「一緒に帰ろう、シュリ」

◆
◆
◆

翌日、ボリスは王太子とともに王都へ立った。

アダムはひと目でよいから姿を見たいとごねたが、銀色の巨大な竜がシュリの家の前に陣取り、ソニアと女性騎士のアーリン以外家に入れないのを見て諦めた。

あの家の前の道は狭い。ドゥドゥならまだしも銀の竜の巨体では向かいの家は出入りできないばかりか押してしまい、早々に門扉をきしませ、半壊させてしまった。

その上、ミカの治療中、家の真上をドゥドゥをはじめとした竜たちが常に飛び続けていた。

サンベルムにはここ十年以上、ドゥドゥ以外の竜は姿を見せていなかったため、街の住人たちも気が気ではない。

ショックから抜けきれていないミカがシュリと一緒に二人の家にいたがったこともあり、ボリスが周囲の家に押しつぶさせてくれと異例のお願いをし、多額の謝礼金とともに半日で引っ越してもらった。とんでもない話だったが、ミカ殿下のためならばと二つ返事で引っ越してくれた彼らは、さすがサンベルムの住人だ。

ミカは意識がはっきりしており、深い傷もあるが時間をかければ治ると医師からも診断されている。

何より生きて戻ってきてくれた。それだけでボリスはソニアとともに涙を流して感謝した。


五日後、王都へ入り、国王の御前に上がって事の次第を報告した。

ミカを孕んだソニアに付き従って王都を離れたのは二十一年前だ。街並みに多少の変化はあったが、

ボリスの目には王宮内は相変わらずに見えた。立場の弱い王とそれを操ろうとする貴族の図は変わらない。

ヘンリック・モドア・リンドローム国王は、元妃であるソニアが王宮を出てからも、恋しく思う気持ちが捨てられず、その未練がましさも王妃の嫉妬を刺激していた。王妃が亡くなって四年経つが、実家の侯爵家に無理を言われようとはねのけられずにいるらしい。

ヘンリック王はミカが魔物に攫われたと聞き、とても心配していた。早馬で救出の報を聞いていたものの、詳細をボリスから熱心に聞きたがった。

「あの竜が何匹も集まって人間を助けるとは、ミカは竜に愛される者のようだな」

王族にしては控えめな銀鼠《おこじょ》のケープを羽織った白髪頭の国王は、安堵の息を吐く。

王太子のアダムも同席しているものの、どちらも形式程度の近衛を従えただけだ。その近衛たちは、顔こそ上げているがどこか覇気がない。

王座の置かれたこの部屋の壁には華美な装飾が壁に施されていたが、手入れが行き届いていないのが見て取れた。寒々とした王座に、ボリスは心を痛める。

表向き、ソニアは病のために妃の身分を返上し、隠居したことになっている。ソニアの子が生まれたことは、王宮に出入りする者なら誰でも知っているが、王子として認めていない以上、表立っては存在しない扱いだ。

「アダム王太子殿下にはすでにお伝えしておりますが、実は本当に愛されておりまして……」

怪訝に眉根を寄せた国王は「ん？」と喉奥で短い声を上げる。

謁見の間に控える近衛兵を見回したボリスが言いあぐねていると、警備兵が駆け込み、異変を伝えた。

「申し上げます！　竜の塔へ、巨大な銀の竜が杖をついた青年とともに降り立ちました！」

「陛下、その青年はおそらくミカ殿下です。その……銀の竜がミカ殿下の父君にお会いしたいと以前から申しておりましたので」

「そなた、その竜と話せるのか？」

「いまはできませんが、その、前に少し」

ボリスは歯切れ悪く答える。そうしているうちに、王宮付きの竜騎士の一人が新たにやってくる。

「王都の竜たちが騒いでおります。銀の竜が陛下に会わせろと要求し、王宮の竜舎に居座るので、竜たちが怖がっております」

耳を澄ませば、オウオウと怯えた鳴き声が塔の方角から聞こえてくる。

「どういうことだ？　竜たちの言葉はなんと？」

王の問いに竜騎士は、動揺で声を揺らしつつ答える。

「暴虐の竜王シュリシュマが来たと怯えています。名のある竜に片っ端から勝負を挑んだ戦い好きの竜だそうで、誰よりも強いが強者が持つべき慈悲の心がない竜だと。ここ最近、サンベルムで番を見つけて大人しくしていると聞き、安心していたらしいのですが。竜たちの怖がりようは尋常でなく、塔から逃げ出しかねません。面会いただけませんでしょうか」

「分かった。彼らを外広間へ案内せよ」

外広間は城の二階に造られた、広いバルコニーだ。急報時、竜騎士が竜に騎乗したまま直接降り立てるようになっている。

そこへ王や王太子、そしてボリスが向かっていると、鋭い鳴き声が一つ聞こえた。それに応じるように、いくつもの竜の鳴き声が聞こえる。色鮮やかなタイルが敷かれた外広間に出ると、曇天の下、何頭もの竜が上空を飛び交っている。彼らは順々に竜舎近くにある、騎馬の厩舎《きゅうしゃ》付近へ降りては飛び立つのを繰り返す。

竜舎の塔の上には、銀の竜が見えた。ボリスがアダムへ尋ねる。

「ここの竜舎には、いまはどれぐらいの竜がおりますか」

王都では常時複数の竜を集めるため、金を七割以上使用し、硬度を高める特別な配合をした合金で首鎧を作っている。丈夫さと美しさを兼ね備える鎧は、実際多くの竜が気に入り、常に王都を訪れていた。

「二十頭だ。おそらくすべての竜が、あの銀の竜から放たれた何がしかの命令に従っているようだ。一度にこの数の竜を言いなりにさせてしまうとは、竜の王とは本当なのだな。しかし、あれはいったい何をさせようとしているのだ？」

順々に降り立った竜が、足に何かを摑んで飛び立つ。列を作って城に一番近い貴族の屋敷へ飛んでいき、上空で摑んだものをぱらぱらと落下させていた。

「どうなっている？」

アダムが近くで呆然と佇んでいる別の竜騎士に問い質す。竜に置いていかれた竜騎士は、馬糞ですと言いづらそうに答えた。

「厩《うまや》の糞を運ばせているようです。私の竜の鳴き声では、厩舎の馬糞を運ぶよう、竜王から命令があったと申しております」

竜たちの奇異な行動に、城にいたほかの貴族たちが外広間へ集まってくる。中でも、白いヒゲにも関わらず黒々とした大振りの鬘《かつら》と、王族かと見紛うような豪奢な黒貂《くろてん》のケープをつけた老人が鼻息荒く現れた。周囲には腰巾着のごとく多くの貴族を従えている。

「わしの館に何を降らせておるのだ！」

怒声を上げた老人へ、先ほどの竜騎士が生真面目に厩の糞ですと答え、ふざけるなと怒鳴られる。

アダムがおじいさまと声をかけてなだめるのを見て、老いて風貌《ふうぼう》が変わったものの、この老人がセム侯爵だったとボリスは思い出す。

三年前まで、ソニアたちへ刺客を放っていた王妃の父親だ。報酬はセム家が支払っていたというから、許しがたい。

銀の竜が吼えると、竜たちは外広間をぐるりと囲い、降り立った。追いかけてきた竜騎士たちがそばにそれぞれ駆け寄る。最後に彼らの中央に銀の竜が降り立った。口に咥えた籠をそっと下ろすと、手首から包帯を覗かせた華奢な青年が立ち上がる。

銀の鱗をきらめかせた竜が、低く鳴く。それを繰り返すように、周囲の竜たちが同じく鳴いた。

そばに立つ竜騎士たちが驚き入った顔をし、そろって王の前へ進み出る。膝を折り、竜たちの言葉を伝えた。

「竜王より、リンドランド王へお下知です。いまより、セム家の名を持つ者は自ら手を土で汚し、耕せ。その収穫物は貧しい者たちへ施せと。王国繁栄のため、必ず守られよとのこと。畑ができるまで、このように肥やしを毎日降らす慈悲をくださるそうです」

「ふざけるな！　王から王への下知など聞いたことがない！　なぜ我々が竜に下知されねばならんのだ！」

まるで竜と人間が同等であるかのごとき発言に、周囲の腰巾着たちがぎょっとする。

己の失言に気づかぬセム侯爵が喚き続けると、再び銀の竜が低く鳴いた。二十頭の竜がそれをまったく同じ調子で復唱する。その異様さに、ボリスでさえも圧倒された。

竜騎士は冷や汗を流し、再度声を上げる。

「思い上がるな。竜を怒らせた家がどうなるか、お前たちの名をもって知らしめるとおっしゃっております」

「なぜわが侯爵家がそんな目にあわねばならんのだ！」

「セム侯爵、控えよ！」

唾を飛ばして憤る侯爵に、王が声を張り上げる。これまでなかった王の毅然《きぜん》とした態度に、誰もが瞠目した。一転して穏やかな声音に切り替え、続ける。

「竜王に逆らうことは、すべての竜を敵に回すのと同義だ。言葉に気をつけねば、我ら人間ごとき殲《せん》滅《めつ》されかねない。竜王が抱える籠にいる者が何者か知れば、理由が分かるのではないか？」

侯爵は怒りを滾《たぎ》らせたまま、王を睨み返す。その横柄さが王宮の混乱を象徴していた。

ヘンリック王は銀鱗の竜へ一礼すると、籠の中で目を丸くしている青年のそばへ寄る。

「リンドランドの王として、竜王からのお言葉、たしかに受け取った」

「おお、その甘やかな金髪が懐かしい。生きてお前に会えるとは……苦労をかけてすまなかった」

王が涙する姿に、事情を知らぬミカは目を瞬かせ、口を半開きにして呆けている。

銀鱗の竜から鼻先で背中をつつかれ、ゆっくりと籠をまたいだ。まだ身体の傷は痛むらしく、ボリスがすぐに駆け寄って、手を差し出す。

「えっ、ボリスさん⁉　姿を見ないと思ったら王都にいたんだね。どうしてここに？　元竜騎士としてのお仕事？」

王宮に上がるために整えられた正装は、デリカテッセンの店主らしからぬものだ。しげしげと見られ、ボリスはいたたまれず視線を落とした。

「陛下に事件の報告に伺っておりました。詳しいことはあとでご説明いたします」

嬉しげなミカへ、硬い表情で頭を下げる。戸惑いの表情を浮かべる彼に杖を持たせ、数歩下がって膝をついて控えた。いつもと違う様子に面くらいつつも、ミカは杖をついたまま、王へ向けてゆっくりと頭を下げる。

「怪我をしておりますので、立ったままで失礼します。サンベルムの街より参りました。彼から陛下へこちらをお持ちするようにと、その、言われたので……どうぞ！」

慣れない言葉に言いあぐねる様子をボリスははらはら見つめ、王と王太子は微笑ましそうに見守る。

ミカが差し出した書簡には、王太子の印が入っていた。

「魔物に攫われたと聞いたぞ。身体は大丈夫か？」

「はい。まだ少し痛みますが、これからシュリが傷に効く薬湯の湧く場所へ連れていってくれるそうなので、すぐに治ると思います」

ぽわんと微笑む。王宮に長く勤める者は、遠い国から来たにも関わらず王宮を追われた、優しい妃の面影を青年の中に見つけ、ひそかに胸を熱くした。

「ソニアは息災か？」

「母をご存知なのですか？　今回の騒動で母には心労をかけてしまいましたが、元気にしております」

「そうかそうか。それで、そのシュリとは何者だ？」

「サンベルムの竜騎士です。いまは僕の魂の番の竜で、ほかにも竜王という肩書きも持っているそうです。彼が僕を助けてくれました」

やはりぽわわんと微笑み、振り返って背後の竜を手のひらで指し示す。

周囲が、竜王で魂の番とはどういうことだとどよめく。アダムが王へ書簡を読むよう促す間、王の背後ではセム侯爵が膝をつき、くずれおちていた。その周りから人が離れていく。

青年の後ろにはたくさんの竜を従えた竜王がいる。それを彼らは理解したのだ。

そこまで見て、ようやくボリスは侯爵への怒りが冷えていくのを感じた。

◆◆◆

シュリから湯治《とうじ》に行こうと誘われたのは昨日だ。傷に効く薬湯が湧く場所があるという。

あれから五日経ち、階段の上り下りも時間をかければできるようになった。体力も回復したとはいえ、しゃがんだりするのはまだ辛い。念願の旅に出られるのは嬉しいが、一人で竜の背にうまく乗れる自信がミカにはない。

一緒にミカを看病してくれている騎士のアーリンに相談すると、魔物の傷は人間の薬では完治まで時間がかかると教えられ、ならばと行くことにした。ソニアからも是非行くよう勧められる。騎竜せずともよいよう、ミカがすっぽり入る籠や歩くための杖なども準備してくれた。旅に出るのは夢だった上に、空の旅だ。準備だけで浮かれてしまった。

やけに気が利くソニアが、籠に雨避けの蓋を革で作って付けてくれた。分厚い帽子や多分必要になるからと鍛冶職人が使うゴーグルまでも荷物に詰めてくれる。

湯が湧く場所は、サンベルムから王都を超えた南西にある。

通過するついでに、王都にいる人物へ届け物をしたいとシュリに頼まれたミカは、それくらいなら手伝えると受け合った。

特製の籠には毛皮や毛布が敷き詰められ、ちらちらと雪が降る天候でも快適だ。ちなみにゴーグルはとても便利だった。速く空を飛ぶと、風で目がうまく開かないのだ。

現地に到着してから分かったことだが、竜騎士の仕事の一環なのか、まさか届ける相手が王宮にいるとは思わなかった。

ついでのついでだと、シュリは王都の竜たちへ畑に撒くために肥やしをある場所へ運ぶよう指示を出した。その後、王宮の二階に造られた広場に降り立ち、中央に立つリンドランド王へ書状を渡せと言う。

なぜそれを最初に言わないのかと呆れた。気軽に受け合うべきではなかったと後悔したが、相手はすでに目の前だ。もう遅い。

畏れ多すぎる相手に怖くなってしまったが、幸運にもたまたまボリスが居合わせ、なんとか伝えることができた。王はなぜかソニアや自分を知っていたらしい。親しげに声をかけられた。

立派な服を着た男たちの不躾《ぶしつけ》な視線を居心地悪く感じていると、書状を読み終えた王が渋い顔をする。

「君はこの内容を知っているのか？」

「知りません」

この遣いが終われば、また二人の旅が再開できる。これからが待ち遠しく、弾んだ気持ちが顔に現れた。にっこり微笑むと、周囲もつられてなんとはなしに笑顔になる。

「ミカ、お前はこの竜を愛しているのか？」

唐突に問いかけられた内容に狼狽えた。好きだと言ったことはあるが、愛しているとは口にしたことがない。

本人が真後ろにいるのに、そもそも本人に直接伝えていないことを初対面の人物相手に言うのかと、ぐるぐる考えてしまう。

「あ、愛っていうか、す、すきです、けど……」

真っ赤な顔でしどろもどろになってしまう。目の前の王もボリスの顔も見られない。脇に視線を逃がせば、並んだ王都の竜騎士たちが目を見開き、驚愕の表情を浮かべている。

ヘンリック王は銀の竜へ向けて顔を上げる。

「竜の王よ、シュリシュマよ。この願いは前例がない。もし私が貴殿の願いを断ったらどうするつもりだ？」

シュリはミカに話しかける。

『遠くの国へ旅してみないか？　竜に乗れば太古の森の向こうにある外国だけでなく、海を越えた先にだって行けるぞ』

「海？　行ってみたい！　母さまやボリスさんも一緒にいい？」

『もちろんだ』

「彼はなんと言っているのだ？」

白髪の王は、優しくミカへ問う。不思議なことにこちらを見るまなざしは温かい。

「僕を遠い国へ連れていってくれるそうです。太古の森の向こうにある外国も、海を越えた先にも。母さまやボリスさんも一緒でいいって！」

「遠い国だと？」

「はい、とても楽しみです！」

何かを察した王が長々とため息をつく。

「……分かった。この件は許可しよう。父親がどう言おうと、君たちの邪魔はできない」

そう言って、ミカの手を握る。父親のいない自分の話だとは思わずにいたミカが、不思議そうに見返す。

「ミカ、私はヘンリック・モドア・リンドローム。君の父親だ。これまで言えずにすまなかった」

「父親？　僕に父はいませんよ？　だって、まさか……そんなわけないですよ」

意味を理解できずにいると、王と同じぐらい立派な服を身につけた金髪の青年が詳しく教えてくれる。

ソニアが元妃であること。ミカを身籠ったソニアの身を案じたがゆえに、王妃とその一族から守るため、護衛のボリスを伴わせて地方都市へ住まわせたこと。サンベルムの住民が協力し、身分を本人に伏せて平民として接してきたことを説明された。

話の途中、彼の美しい金髪が巡幸に訪れたアダム王太子のものにそっくりだと気づき、ミカは息を呑む。乱れた思考の中で、だから仕事も住む場所も決まらなかったのかと、思い当たった。

「僕が陛下の子どもで、母さまが元妃様だったたってことは……結婚するなら陛下の許可が必要なのでしょうか？」

こんがらがった頭の中を整理しようと、初めに浮かんだ疑問をそのまま口にした。

「それはこの書状に書かれてあった。すでに許したぞ」

「ありがとうございます！　母さまとボリスさんの結婚をお許しくださったのですね！」

ボリスがふぐっとおかしな音を喉で鳴らし、「私は何もしておりません！」と小声で素早く言い添えた。王はまた長々と息を吐き、片膝をつくボリスへ視線を向ける。

「二十一年の時はやはり長いな。驚いたが、私に気兼ねをする必要はない」

「陛下……」

ボリスはやっとそれだけ呟くと、深く頭を垂れた。

「ミカとソニアを守れなかった私に、二人を阻む理由はない。添い遂げたい者がいれば自由にすると良い。苦労をかけてすまなかったと彼女に伝えてほしい。幸せを祈るとも」

言葉面では理解しつつも、ミカにはソニアが妃であった実感はまだ摑めない。それでもまずは感謝しようと、頭を下げて礼を言った。ほかに何か要望はあるかと問われ、ここ数日考えていたことを口にする。

「この場を借りて、シュリに求婚させてください」

くるりと振り返り、マルベリー色の瞳を見上げる。恋人は翼を広げたり畳んだりと落ち着きがない。

『ミカ、それはもう――』

シュリの言葉を遮り、一気に言い切った。

「添い遂げたい者がいれば結婚していいっておっしゃってくださったんだから、大丈夫だよ。僕は君の良い夫になると約束する！　シュリ、僕と夫婦になって」

竜王の背中にある翼が激しくはためいた。びゅうびゅうと風が巻き起こり、そこかしこに小さな竜巻がいくつも立ち昇った。竜巻に巻き込まれ、よろめいた貴族たちが次々と尻もちをつく。それらは空へ上るに従い威力を増し、雲を巻き込んで横や斜めの奇怪な紋様を空に描いた。

何が起こるかと周囲が身構えると、刃物のごとき銀鱗を持った巨体の喉がごろごろと鳴る。

爆発するようないくつもの歓喜の言葉が、ミカの頭の中に響く。額が前に差し出され、撫でると気持ち良さげに目を閉じた。

後ろにずらりとならんだ竜たちが、動揺したようにグワグワと雑談めいた鳴き声を上げる。竜騎士たちは、暴虐の王がやに下がった声で番に甘えているのを目の当たりにし、魂の番はやはり愛を知らぬ竜への天罰だったと騒いでいるのだと王へ伝えた。

竜騎士の一人が、プライドの高い竜があんなことをするなんて見たことがないと呟き、ボリスを含めた何人もが信じがたい表情で首を縦に振った。

「我が息子よ。そしてシュリシュマ殿、二人の結婚を祝福する」

「ありがとうございます」

親子として言葉を交わした二人の間に、アダム王太子が進み出る。

「俺も兄として祝福しよう。俺はアダム・モドア・リンドローム、君の兄だ。ピンクの髪のアダはこの俺が変装していたのだ！」

一向に気づかぬ異母弟に焦れたアダムが身を明かすと、ようやく理解したミカの視線が向けられる。

「ええっ？　うわ、ほんとだ……。髪色が違うだけなのに、全く気づきませんでした」

眉を上げて驚く青年の背中を、銀の竜が鼻先でつつく。ぐるぐると甘えた唸り声に、困惑の表情を浮かべ、苦笑する。

「アダとして毎年忍んで行くほど、愛しい弟に会うのを楽しみにしていたのだぞ。兄と打ち明けたいのをどれほど――」

朗々と語り始めたアダムを、すまなそうに遮る。

「すみません、シュリが急ぎたいそうなので、これで失礼します」

「待て！　帰るのが早すぎる。シュリシュマ殿、俺がミカくんに話しかけた途端に行こうとせずともよいのではないか？　狭量な夫ではミカくんが苦労するぞ。ほらミカくん、アダさんといつもの名を呼んでおくれ！」

自信たっぷりに両手を広げるアダムと、ソニアの面影をミカに見出して感慨深い顔をするリンドラント王、そしてボリスを見たミカが、始終浮かべていた穏やかな微笑みをふっと消した。真顔で少し迷ったのち、口を開く。

「みなさん、僕にずっと嘘をついてらっしゃったんですね。僕が一人暮らしをしたがったのにできなかったのも、十七まで一人で出掛けられなかったのも、それが原因ですか？」

「申し訳ございません。御身の安全を守るため、制限させていただきました」

ボリスが恭しく弁明を述べる姿はよそよそしい。彼はデリカテッセンの主人ではなく、ソニアの護衛騎士だったのだ。

普段のエプロン姿より着慣れて見える正装の理由が分かり、ミカは悲しげに表情を曇らせた。

「僕が真実を受け止める器量を持っていなかった、だから言っていただけなかったのでしょう？　守ってくださりありがとうございます。これまで父のごとくあなたを慕っておりました。長い間、僕と母を支えてくださり、本当に感謝しています」

感謝の言葉とはうらはらに、声が沈んだ。実の親のごとく気にかけてくれたのは優しさではなく任務だったからなのだ。もう以前のような親しい言葉は交わせないのかと、少なからず寂しさを感じていると、王もまた謝罪を申し出る。

「私が命じたのだ。庶民としてのびのび育ってもらいたかった。王命に騎士は逆らえない。ボリスを責めるな。ミカよ、そなたとソニアにはかわいそうなことをしたと思っている。この王宮に部屋を用意しよう。いつでも帰って――」

「いえ、結構です」

微笑みつつも、首を振る。円を描く毛先が揺れ、きっぱりと決意のにじんだ顔を上げる。

「僕はサンベルムのみんなが好きです。汗を流して働くのも、料理を作るのも、雪の上を歩くのだって。なによりシュリがそばにいてくれるのが一番好き」

「それは、もうここには来ないということか？」

落胆した王が問えば、青年は「分かりませんが、おそらく」と呟く。

「真実を教えていただけたのは感謝していますが、それを知った上でも、自分はサンベルムに生まれたミカであり、夫は竜のシュリです。それが僕です。では、僕らは太古の森に向かいますので」

行き先を聞いたボリスが抗議の声を上げる。

「太古の森だと⁉　そんな危ないところにミカを――ミカ殿下をお連れするとは、シュリシュマ殿がいるとはいえ……重々気をつけてくれ……」

以前と同じ呼び捨てに、ミカの表情が一瞬明るくなる。しかし、敬称を付けて言い直されてしまい、肩を落とした。彼を悲しませたことへの憤りと、我らの行き先に口を出すなという二重の意味を込めて銀鱗の竜が睨むと、ボリスの声はしぼんでいく。

シュリが唸り声で了承すると、振り返ったミカが微笑した。

「傷によく効く薬湯が湧いているそうなんです。彼の別荘代わりの岩穴からも近いそうなので、ちょっと行ってきますね。母さまから、着替えと日持ちのする食糧も籠に入れてもらいました。風よけに厚手の外套も持たせてもらったので冬空でも快適ですよ」

どうやらソニアの許可済みらしいと三人は察する。

「えっとお父様、ボリスさん、それと兄様も、それでは失礼致します」

言いなれない言葉を口にしたミカはぎこちない。自分たちのために精一杯微笑んでくれる彼を見つめ、ぎこちなくさせてしまったのは自分たちだと、男たちは己の非力を悔いた。

街の住人たちから大切に守られてきた青年は、銀の竜が咥えた籠に乗り、南の空へ飛び去った。

竜の身体を持つ恋人は、籠の中のミカが凍えぬよう、低く垂れた雪雲の下を飛ぶ。

民家が途切れると、南西へ向けてさらに速度を増した。頬に当たる冷気が緩み、外を覗く余裕も出てきた。次第に雲が切れる。空の青さと、たまに浮かぶ雲も明度を上げていく。

サンベルムのような一面の雪原は王都のあたりにもなかったが、王都より南へ下ると雪自体見当たらず、青味を残した樹々も見える。

みるみる変わる風景は、旅に憧れていた青年の瞳を輝かせた。

クウとシュリが鳴く。頭の中で左だと声が聞こえ、視線を向けた。そこには地平線をなぞるように青い筋が見える。

「もしかしてあれが……」

息を震わせ、籠が傾げるほど身を乗り出す。陸が途切れる先にはすべて海があると、聞いてはいたが知ることのなかった海の真の広さに目を瞠った。

竜体を傾けて翼をピンと伸ばし、風を受ける。青の筋へ向けて進路が変わる。

海が見える場所で一度休憩を入れた。ミカの視線は、遠目で見ても分かる、広々とした海に釘付けだ。

あの青い水を間近で見たいとシュリにねだったが、傷口に海水が沁みるからと、許してもらえなかった。

短い休憩を挟みつつ、夜も飛んだ。人の住む地域から太古の森へと移り、朝焼けが空を茜色に染めるころ、ようやく湯気が立ち上る池のほとりに降り立った。あちこちに大小似たような湯だまりがあり、小川が注ぐ広々とした湯の池もある。

そのうちの一つ、岩盤の窪みにできた湯だまりへさっそく浸かる。その間に、すぐそばの岩穴にシュリはせっせと枯れ草や枯れ葉を運び入れる。湿ったものなら陽に当てて乾かしたりと、実にまめまめしい。

湯はぬるめで気持ちが良かったが、少し傷に沁みた。しばらく湯の中でじっとしていたら、気にならなくなった。

竜の巣作りを興味深く観察しつつ食事をとり、日陰で午睡をしてからまた湯に入る。岩盤越しに地熱が伝わってくるので、湯から上がっても身体が冷えないのが嬉しい。

森の中で見つけた小振りの柑橘《かんきつ》をシュリが持ってきてくれる。この森には冬も実りがあるらしい。

『甘い実で動物たちが好んで食べている。ねぐらももう少しで整う』

「シュリありがとう。岩穴はとても広そうだね。これなら一緒に眠れそうだ」

ミカが声をかけると銀の竜は照れ、クウと喉を鳴らした。同時に『嬉しい』と、彼の気持ちが聞こえてくる。

ミカの求婚を彼が受け入れて以降、互いの心の距離が近づいたせいか、竜体のシュリからそのときの気持ちが言葉にせずとも伝わってくるようになった。

嘘をつく習慣のない竜にとって、意図せず相手に気持ちが伝わってしまおうと、気にならないものらしい。

西の空が赤味を帯び始めたころ、巣作りがようやく終わった。大きな湯だまりを選んで、巨体のまざぶんと入る。ミカも一緒に入り、シュリの背に腰かけ、藻が繁茂する温い湯だまりから、流れ込む小川と湧き出る湯が混じったちょっと冷たい池まで、声を上げて笑いながらあちこちめぐった。

岩穴に戻り、薄手のローブと持ってきたシーツにくるまった。枯れ草の上に横たわる。地熱のおかげで、薄布だけで充分温かい。夜は籠の中にあった毛布を掛け、しっぽと翼に囲まれるようにして眠った。

不思議と竜の身体から立ち上る香りは、人間だったころの彼の体臭と同じで心地好い。

翌日、驚くほど身体が軽くなっていた。その翌日はさらに良くなり、ゆっくりと動作すれば、しゃがむのも苦ではなくなる。

シュリが果物のほかにも魚や木の実を器用に取ってきてくれるおかげで、持ってきた食糧に手をつけずともお腹がいっぱいになった。

炒った木の実と、魚と山菜のスープで食事をとりながら、ミカは機嫌よくシュリへ話しかける。

「傷が治ったらサンベルムで結婚式を挙げようか。母さまにちゃんと報告したい。それにボリスさんにとっては護衛の仕事だったとしても、僕には父親みたいな存在だったから、母さまと一緒に立ち会ってもらいたいんだ」

かたわらの竜の翼がしょんぼりと下がる。

『お前はサンベルムの住人たちが好きだと話していたな。それを聞いて、我はまだお前と話し合わねばならぬことがあると気づいた。それまで番になる決断はできない』

意外な反応にシュリを見上げた。銀の竜は悩ましげにキュウと鳴き声を岩穴内に響かせる。

「何を話し合えばいいの？」

『まだうまく話せない。もう少し時間をくれ』

「それは僕の心が未熟だから？」

不安な声音に、シュリは首を振る。

『違う。愛を知って、我が臆病になったからだ。我は未来が怖い。お前を大切に想うほど未来に怯える心が大きくなるのだ。千年生きてきたが、これほど恐ろしく感じるのは初めてだ』

「好きになればなるほど怖い？」

『ああ、お前を守りたい分だけ、あれこれと恐れが増えていく。強さにうぬぼれていた己の浅はかさをいまは恥じている』

「それなら、その怖さは君の優しさと同じ重さだね。それだけ情が深いんだ。僕もシュリに優しくしたい。だから代わりに君と一緒に苦しむよ。話せるときがきたら、僕に教えてね？」

立ち上がったミカが両手を広げ、恋人である竜の鼻先に触れる。種が同じならば抱き締め合えるのにと、シュリの思いがミカの頭に響く。

「僕も同じこと思ったよ」

黙って寄り添い、胸の底に残った寂しさを二人で分け合った。


身体が元気になれば、自然とほかの欲求も出てくる。

数日が経ったある日の夕方、岩穴の前で焚き火をし、シュリが取ってきてくれた川魚とソニアが持たせてくれた塩とバターでスープを作った。竜体のシュリと分け合えないのが少し寂しいが、ミカ一人なら充分な量だ。

食欲が満たされたミカは彼の背中の上に乗せてもらい、寝転ぶ。

『話し合わねばならないこと』については、保留のままだ。ときおりシュリのモヤモヤとした感情が伝わってくるが、言葉までは聞こえてこない。

——僕らの種が同じじゃないって気にしてた。きっとそれが関係しているんだろうな。

竜は人間よりはるかに長寿だ。あれから、命の時間の違いをミカなりに考えている。

――シュリにとってほんの短い間しか一緒にいられないなら、だからこそ気持ちを伝え合いたいと思うのは、僕が先に死んでしまう人間だからかな。

俯せになり、うろこに頬を当ててすんすんと匂いを嗅いだ。記憶に刻むように、何度も息を吸う。嗅いでいるうちに身体を押し付けてしまいたくなったが、あからさますぎると考え、堪えた。

サンベルムの家で一緒に暮らしていたころ、シュリからうなじを何度も嗅がれていたのを思い出し、自分も同じことをしていると笑ってしまった。

『ミカ、何か悲しいのか？』

笑い声を上げたはずなのに、気持ちを言い当てられる。

「あのね、竜の姿のシュリはとてもかっこいいけど、前みたいに身体を触り合うのはできないなと思って。竜のシュリも大好きなのに……僕、わがままだね」

竜の背がゆっくりと傾ぎ、広げた翼へころりと転がされる。そうしてそっと枯れ草の上に下ろされた。先が二股に割れた舌が伸び、顔を舐められる。全体から見れば細長いが、舌の幅は肩幅と同じくらいだ。何度か舌が往復しただけで、頬から足先まで、ローブごと濡れた。

「キスだね」

目を閉じ、大人しく手足を広げてされるがまま任せる。ローブの前を舌が何度か往復すると、軽く結んだだけの紐が外れた。ミカは下穿きなしの、ありのままの身体を竜の前に晒す。腰の真ん中を舌先でつつき、舐め回された。

「……シュリ、そこも舐めるの？」

『嫌か?』

「ううん。嬉しい。でも笑わないでね。僕、おかしくなるかも……すごくシュリとしたい気分になってるから」

ムフンと荒い鼻息が身体を撫でる。

ミカ、ミカ、ミカと、何度も名を呼ぶ声が、頭の中に響く。シュリも興奮してくれているのが伝わった。長い舌を何度も口中に戻してはたっぷりと唾液をまとわせ、全身を撫でる。麦色の髪は濡れ、下の枯れ草も湿る。

「あぁ……シュリ、どうしよう」

硬く立ち上がった中心を恥じ、身を捩る。シュリはもぞもぞと胴体を枯れ草に押し付け、ミカの視線から隠すように腹這いになった。

「シュリのそこも、僕みたいになってるの? 見せてはくれないの?」

『あぁ、我も興奮している。だが、お前を怯えさせたくない。それより、お前が乱れるところが見たい。膝を開いて、舐めさせてくれないか』

「もういっぱい舐められたよ。もっとするの?」

『今度は後ろをくれ』

ミカが俯せになると、割れた舌先の片方が器用に尻の狭間を探る。

「だめ、シュリ。そこはだめだよ」

尻を振って嫌がられるたびに、舌は背中をねぶったが、しばらくするとまた尻に執着していく。ねっとりを唾液を垂らす舌の先端に一瞬力を込めたシュリが、ある一点を突く。ミカの腰が引き、いやいやと金の頭を左右に振った。

「やだ、そんなことしたら入っちゃう。ダメだよ！」

それでも竜の舌は執拗に白い尻をつつき、狭間を撫でる。ついに舌先がわずかに入り込む。ミカがさらに尻に潜り込もうとする舌を摑み、嫌だと押しのけた。無体を働こうとする竜を涙目で睨みつける。

「怖いよ。やめてって言ってるだろ」

ひゅんと舌が大きな口の中へ戻る。

頭が下がり、反省の態度を見せたシュリへ、舐めるだけならいいよと許せば、赤い舌はおずおずと再び伸ばされる。割れた舌の股で股間を刺激したり、大きな舌を細かく震わせたりしていたが、ミカは苦しげな息を吐くばかりで達しない。

「シュリ、もういいよ。僕、自分でする」

温い鼻息を浴びながら、自身の手で張りつめる茎を扱いた。しばらく続けたが、そこは切なく腫れたままだ。

「あぁ、どうしよう。自分じゃ出せない……こんな……どうすればいいの？　たすけて」

マルメロのごとく甘い色味の瞳から、ほろりと涙が零れる。

『抱きたい。お前を抱きたい。我の手で、我の身体でお前の深くまで――お前を満たせずに時を終えるくらいなら――』

銀鱗が逆立ち、太く長い喉からグググと唸り声が上がる。波打つように鱗が蠢き、ぶわりと風が巨体を包んだ。一瞬ののち、そこには人の姿となったシュリが立っていた。

「シュリ……？」

おそるおそる手を伸ばせば、硬いうろこは柔らかい皮膚に変わっている。金属を思わせる色も消え、ミカがよく知る姿の彼がいた。

「ミカ、人間の姿だ。これでお前を抱き締められる！」

互いの身体へ腕を回し、ひしと抱き合う。変容を目の当たりにし、ミカは信じられない思いでひさかたぶりの顔を眺めた。

「ほんとだ、シュリだ。竜の身体もシュリだって分かってたけど……なんでだろう、涙が出ちゃう」

「ミカ、泣いてはだめだ。ソニア殿に涙を流させるようなことはしないと約束したのだ」

「嬉しくて泣いているんだ。この涙は母さまも喜んでくれる涙だよ」

シュリが零れた涙に唇を押し当て、舐めとる。

「番いたい。ミカ、我と番ってくれ。我のわがままをお前に受け入れてほしい」

指の背で濡れた頬を撫でられた。その優しい手つきが懐かしく、また涙が込み上がる。

「うん。シュリも僕のお嫁さんになって。お嫁さんじゃなくてお婿さんかな？　妻でも夫でもどっちでもいいね」

自分のすべてはお前のものだと頷いた彼は、表情を曇らせる。

「番う前に言わねばならないことがある。我はこれまで千年の時を生きたが、持っている寿命のまだ半ばだ。そして、お前は我にとって最初で最後の番だ。お前がいなくなったら、我は自分がどうなるか分からない。正気を保てる自信がない」

先日言いあぐねていたのはやはりこのことだったのかとミカは思う。

「僕が死んだあとってことだね。僕もシュリを苦しませてしまうのはつらい。だけど、それでも好きな気持ちは止められないよ。シュリはどうしたいの？」

答えが出ないなら、本当にただ一緒に苦しむことしかできないかもしれない。だとしても彼と離れることは考えられない。

シュリが喉仏の上についた、小指の爪ほどの透明なうろこを指さす。

「このうろこは霊鱗といって、我ら竜の寿命を表している。竜の身体は強靱《きょうじん》だが、これが傷つけば命も削られる。だから我らは器用な人間たちの作る首鎧を好むのだ」

弱点ということかと相槌を打ち、これまでの振る舞いを反省した。

「僕以外には触らせていなかったものね。僕、何度も触ってしまった。ごめんなさい」

「好きな相手に触れられると発情が促されるのだ。嫌ではないが、人前ではやめてくれと言っていたのはそれが理由だ」

あっと小さく声を上げ、じわりと耳たぶを赤くする。「やっぱり、ごめん」と呟くミカの額へ、そっと唇が触れ押し当てられる。

「竜は番を決めると、互いの霊鱗を飲み合う。命を互いの体内に納め合うことで寿命は融合し、一つとなる。番った二頭は融合した寿命を等しく分け合って生きるのだ。同じになった寿命のおかげで、最後の一瞬までともに過ごすことができる」

「一つ？　僕の寿命があと五十年だとしたら、シュリと合わせて千五十年。これを半分ずつだから五百二十五年ってこと？」

「いや、違う。お前は人間だ。霊鱗は竜にしかない。だが、お前がこの先も我とともに生きるには、この霊鱗を飲んでもらわねばならない」

「待って、違うってどういうこと？　まさか僕だけ寿命をもらうの？」

腕を摑んで身を乗り出し、問い直す。

「竜が他種族と番の契約を交わすことは稀で、詳しいことは我も聞いたことがない。だが、本能で分かることもある。お前がこの霊鱗を体内へ納めれば、我の寿命の半分がお前のものになる。人間は霊鱗を持たぬゆえ、相手に分けることはできない」

「シュリの寿命は五百年に、僕は五百五十年まで生きてしまう……」

「そうだ。我の最期はミカが看取ることになってしまう。五十年もの間、一人きりにさせるつもりはない。お前が人の命の終わりを迎える日まで待つ。そうすれば、我らは終いまで一緒だ」

「おじいさんになった僕を待つっていうの？」

「それならお前は番に先に死なれずに済むだろう？」

そんなことを考えていたのかと、大きく息を吐いた。なんと愛おしい竜だろうかと静かな喜びに浸る。彼の頰に手のひらを添え、見つめた。

「シュリ、人は自分の寿命を知らないのが普通だよ？　最期の日がいつなんて分からない。竜のように身体が丈夫じゃないし、力も弱い。この間みたいに襲われてしまったら、今度こそ死んでしまうかもしれない。僕がそうならないって確証はないんだよ？」

指摘され、しばし呆然としたシュリは、額に手を当てる。

「それは――そうか、人間の身体は唐突に命が終わってしまうことがあるのか。人間も魔物も動物たちも、いつ命が終わるか知らずに生きているのだった。己の寿命を知っているのは竜だけだったな。だがどうすれば、我はお前を悲しませずに死ねるだろうか」

困惑と動揺で声が揺れている。ミカが腕を回してなだめるが、シュリの背は丸まり、額が肩に落ちた。その重みを、慈しみを込めて受け止める。

「僕だってシュリが悲しむのを見たくない。君の言う通り、二人で寿命を分け合うならまだ五百年もあるんでしょう？　その間、幸せいっぱいに過ごそうよ。残りがどれぐらいになるか分からないけど、その数十年は、シュリとの記憶を思い出しながら過ごすよ」

「ミカをたくさん泣かせてしまう」

「泣くだろうね。でも君を見送ることも人生の一部になるよ。僕の幸せと切り分けることはできない」

「これだけではない。言わねばならぬことはまだあるのだ。お前は我だけでなく、多くの人間を見送らねばならないだろう。赤子を含めたいまのサンベルムの住人すべてより、お前は長く生きる。その子どものさらに子どもに至るまでだ。ミカはあの街の住人が好きだから、彼ら全員に同じ心の痛みを感じるだろう。お前が人間と関わる限り、千の悲しみを何度繰り返すか分からない」

一緒に畑でジャガイモを掘ったリリーの顔が頭に浮かぶ。あの子が年老いて、天に召されるときも、ミカの寿命はまだ五分の一も終わっていないだろう。それを何代繰り返すのか想像し、彼が心配する意味を知る。

「いまのお前を知る人間がいなくなれば、お前は人の中で年を取らぬ異質な存在になるだろう。竜ならば同じ時を生きる同族はいる。だが我と番になろうと、人間であることに変わりはない。しかも寿命は我の方が短い」

果てしなく続く孤独な時間を想像した。しかも最後は一人だ。

街の誰もに知られているいまを息苦しく感じていたはずが、いつか誰一人自分を知らない世界になると想像したら、怖ろしく思えた。

「……怖いけど、それでも僕の気持ちは変わらないよ。僕は君と生きたい」

「疑いたくはないが、我は人間が嘘をつくのを知っている。我のためだとしても、嘘はつかないでほしい」

ミカはサンベルムの街で、毎日、スープを配達していたサムの叔母のフラーを思い出す。

亡くなった夫の話をする彼女は、笑う日もあれば、涙ぐんでいる日もあった。命日だからと弔《とむら》いの花を買っていた彼女の表情はどうだったろうか。

「正直にいえば、いくら思い出があっても寂しいと思う。うまく言えないけど、それだけじゃないんだ」

認めたものの、強がりなのかどうかミカ自身よく分からなかった。沸騰《ふっとう》したような混乱とひたすらの情熱に、嘘も本当もまぜこぜにしてしまいそうになる。

この混乱が恋なのかと思い知る。激情に身を任せたくなるのを堪え、己の誠実を捧げたいと必死に考える。心の中の真実を慎重に言葉にした。

「自分がシュリにできることがあるのが、誇らしい。僕だけができることがあるのが、とても特別に思えるんだ。僕にシュリを見送らせて」

「ミカを五百年後に泣かせてしまうのに？ 我がいくら大きくて強靱でも、最期は弱くて小さなお前に託すのか？ あぁ、きっとこれが、愛を知らぬ竜に天が下した罰なのだ。だから寿命を分け合えぬ種が竜の魂の番になるのか」

狼狽《ろうばい》し、嘆くシュリの銀髪を撫で、彼へ静かに問いかける。

「僕を好きになるのが罰だなんて、失礼だな。先立つ両親や配偶者を見送るなんて、人が当たり前にやっていることだよ。竜はしないの？」

「番同士の寿命はまったく同じな上に、我々は卵から生まれた瞬間から一人で生きている。竜の番は卵を産むが、子は育てない。だから家族を見送ることはない。人間はそんな悲しいことを何度も経験するのか？」

「人間の僕のたくましさを信じてよ。死ぬためじゃなくて、一緒に生きるために君の霊鱗を飲ませて？」

彼の喉へ指を這わせると、身体を引いたシュリに逃げられてしまった。

「嫌だ。お前を守るどころか、いつか独りぼっちにさせてしまうと分かっているのにできない」

苦しげな顔で、シュリは胸にこぶしを当てる。

「一緒に生きて。そして、僕にしかできないことをさせて」

街の暮らしの中で、やりたい仕事があったわけでもないのに別の仕事を探したかったのは、彼のそばにいたかったからだ。隣にいられる理由が欲しかった。見劣りしない何かになりたい、自分でなければならない何かがあればと漠然とした願いがあった。それがいまはっきり形になって見えた気がする。

「ミカ、愛しているんだ。お前を守りたいのに……」

溢れる涙が幾筋も流れ、顎の先から雫を作って落ちていく。己を強靱だと自負する男があられもなく泣く様子に、ミカもまた目頭を熱くする。

「僕を信じて。任せてよ」

「いやだ、いやだ」

出会ったときから大人びていた彼が、駄々をこねる子どものごとく泣いている。

「五百年かけて信用してもらえるよう、僕も頑張るから。これ、僕にちょうだい」

顎先から喉へ流れ落ちる涙は、清澄色の霊鱗を濡らしている。そこへ唇を押し当てた。ごくりと喉が鳴り、唇の薄い皮膚越しに、うろこが波打つ。唇を離し、彼の顔をまっすぐ見つめる。

しゃくり上げながら、シュリが自分の喉へ手を当てた。小指の爪ほどの透明なうろこを摘まむ。はらはらと涙を流しながら引き抜くと、喉に赤い血が滲んだ。

「シュリ、大好きだよ。一緒に生きようね」

ミカが口を開く。白い歯が取り囲む赤い舌の上へ、シュリは震える手でうろこを乗せる。ゆっくりと唇を閉じ、ミカはこくりと飲み込んだ。

まつ毛を涙で濡らしたシュリを見上げる。

「君が大泣きしているのを目にする日が来るなんて、思いもしなかったな」

飲み込んだうろこは、胸のあたりでぽかぽかと熱を持ち、少しずつ全身へ広がっていく。身体の隅々へ行き渡った熱がゆっくりと引くまで、二人で抱き締め合った。

「実感が湧かないけど、これでいいのかな?」

「魂が我のものと同じ輝きを帯びているのが見える。霊鱗はちゃんとお前の中に届いている」

彼の手が、耳に掛かった金の巻き毛を何度も梳いた。

「そっか。じゃあこれで、ちゃんと番になれたんだね」

微笑み、顔を傾げて番となった男の喉に唇で触れる。血が滲んだ場所を、そっと舌で撫でた。

「シュリ、ありがとう」

「ミカ、我のすべてをかけてお前を愛し、命が続く限り守ると誓おう」

ともに暮れていく夕陽を静かに見送る。

陽が沈めば夜が来る。風が岩穴へ吹き込むと、濡れた身体が冷えた。

「我が舐めたせいだが、なんだか腹が立つ。一度湯で洗い流そう」

二人で大泣きしてしまったせいで、いっとき昂って仕方がなかった身体は、さっぱりと凪《な》いでいた。

一緒に湯へ入ると、シュリが丁寧に全身を洗ってくれる。合間に何度もキスを交わした。

「シュリ、君の本当の名前を呼んでもいい？　ドゥドゥが僕の知らない名前を呼んでいるのを聞いたあの日、僕はドゥドゥに嫉妬したんだよ」

嫉妬の言葉に表情を明るくするシュリを見て、ルーイが言った通りだとつい笑ってしまう。こんなに喜んでくれるなら言えば良かった。

「ぜひ呼んでくれ。出会った日に、お前が最初に呼んだ名がシュリだった。だからシュリと呼ばれるのも同じくらい嬉しいのだ」

「間違ったのなら違うと教えてくれたらよかったのに」

「ミカが呼びやすければそれで構わなかったのだ。だが、本当の名を憶えてもらえるまで、何度でも伝えたら良かった。私の名をたどたどしく練習する、幼いお前の姿を見損ねてしまったな」

「シュリシュマ、いい名前だね」

「生まれた瞬間から、竜は自分の名を知っている。天上というものを見たことはないが、もしかしたら天から与えられているのかもしれないな。ミカ、そろそろのぼせてしまうのではないか？」

シュリはミカを水際の岩へ腰かけさせると、あちこちにキスをしていく。額に頰、首へと降り、胸先でしばらくとどまってから、脇腹や膝、そしてつま先をねぶった。

「どうしてそんなところを舐めるの？」

足の指の間を舌の側面で擦ると、くすぐったくて、勝手に足が引けてしまう。それをシュリにぐっと押さえられているうちに、ミカの表情に艶が出る。

「むしょうにしたくてたまらないんだ。お前の全部が愛おしいし、全部を私のものにしたい」

「僕はとっくに全部シュリのものだよ？」

「まだ我が触れていない場所がある。そこへ触れてもいいか？」

「……いいよ、シュリなら」

頰を赤らめ頷いた。

つま先から順々に上っていく。膝の内側から太腿を、そして脚の付け根に口づけられる。

茂みの中の柔らかな陰茎の下、ささやかな陰毛が生えた陰嚢を口に含まれた。緩んでいた袋の肌が、次第に引き締まっていく。恋人の手のひらのなかで、初々しいものが存在を主張し始める。

「そこも舐めるの？」

両脚の膝裏を押し上げられ、ミカは身体を後ろに倒し、大きく脚を広げる。濡れた陰嚢がふるんと形を露《あら》わにした。その向こうにはきつく噤んだ窄まりが控えている。表面を指の腹で撫でられると、ひくりと力を込めてしまった。

そこを息を吞んで凝視する彼の鼻息が、敏感な穴の縁を撫でる。

「見すぎだよ……」

恥ずかしがるミカへ後ろ向きになるよう促すと、シュリは白く丸い尻を揉みしだく。

「まだ触れてない僕の場所ってお尻のこと？」

「いや、尻はサンベルムの家でも揉ませてもらった。ここの内側がまだだ」

尻たぶを摑んで左右に開く。バランスを崩し、ミカは岩に手をついて尻を突き出す格好になった。開かれた狭間の小さな穴は、竜体で触れられて叱った場所だ。そこへ今度は人間の身体で舌を伸ばされ、突かれる。

「あっ、あ……また、またそこ？」

「指を入れる」

「だから――なんでそこ？」

「ここに私のこれを入れる。男同士の身体で愛を交わすには、ここを使う」

シュリが自身の唾液で濡らした指を、硬い窄まりの中へゆっくりと沈ませる。

「……そうなの？　ねぇ、へん、なかんじ……痛くしないで。ゆっくりして」

「分かった。慣れると気持ちいいらしい。丁寧に解せば初回からうまくいくと聞いた」

「聞いたってルーイに？」

「騎士隊の男性の同僚だ。同性と結婚していた」

「その人に聞いたの？」

「教わった。やり方は間違っていないはずだ」

次々と続く質問に、淡々と律儀に答えていく。しかし、視線は己の指を食《は》んだミカの後ろを熱心に見つめ、ゆるゆるとそこをほぐす手は止まらない。

質問が途切れると、シュリは白く丸い尻の狭間へ鼻先を押し付け、引き抜いた指へ唾液を落とす。

太い指が奥を広げるように再び押し込まれていく。

中でぷりぷりと張った部分を撫でられると、彼の指を食い締めてしまう。吐息を吐くたび腰の奥がずんと重くなった。

「そこ、へんっ、あぁ……」

「苦しそうだな。嫌か？」

気遣ったシュリの指がそこから逸らされる。

「ちがうの、イイの。して。シュリシュマして」

正直に乞えば、存分にぐりぐりとえぐられ、ミカはあえなく果てた。

ミカが振り向くと、月の光を白い肌に受けた彼が、荒い息を吐いている。身体の中心で屹立するものだけが肌を赤黒く染めていた。

「そろそろ我の股間をここに入れてみよう」

先走りを滲ませた丸い先端をぐりぐりと擦り付ける。そのまま背後から、ぐっと押し付けられた。

「シュリ……あぁ……入ってる」

ずぶずぶと半ばまで侵入した肉茎が、前後に揺れ始める。少し抜いては押し込み、抜いては押し込みを繰り返す。次第に押し込む量が増え、さわさわと彼の陰毛を尻に感じたとき、すべて入ったのだと分かった。

「根まで入った。ぎゅうぎゅう締め付けてくれて嬉しいが、もっと奥に穿たせてくれ」

「あっ、いっ……」

ぴりりと走った痛みに、ミカは顔を歪める。

「無理そうだな。今日はここでやめよう」

「まって、やめないで……嫌じゃないから。もう痛くないよ。だからお願い」

身体を捻《ひね》って背後のシュリを見上げる。喉がごくりと上下したのが見えた。

「……手前のしこったところを擦るのと突くのとではどちらがいいのだ？　好きな方を言え。どっちだ？　それとも奥が好きか？」

前後に腰を振られながら問われる。羞恥と快感に揉みくちゃにされ、どう答えてよいか分からない。

「んんっ、イイけど、やだ。もう聞かないで」

「聞いてはだめなのか？　本当は痛いのではないのか？　続けてよいのか？　あぁ、聞かれたくないのだったな。どうすればよいのだ」

「していいから。シュリの、シュリシュマの好きにして」

「痛かったら正直に言え。すぐやめる」

「やめちゃだめ。ちょっと痛いけど、してほしい。ちゃんときもちいいから。もっとして」

「難しいな……だが、続けてよいならば、させてもらおう」

ぐんと腰を突き入れられ、ぱんと肌が打ち合う音が立つ。断続的な音は次第に間隔を狭め、リズムを作っていく。その合間に、甲高い喘ぎ声が夜の森に響いた。

果てる瞬間、ぎゅっと抱き締められる。どっと中に吐き出されると、ミカの身体から力が抜けた。しかし股間だけはミカも張り、快感を得られていたのだと分かって、シュリの顔に安堵が浮かぶ。

シュリが身体を入れ替え、座った自身の上に、向かい合うようにミカを座らせる。

精を尻から零しながら、呆けた顔でたくましい身体へ抱きつく。腰を抱えられ、ぎんぎんと硬さを

保ったままのものの上に、尻を落とされる。

「はっ、あ、あぁぁ……いっぱいはいっちゃう」

胸の粒をくにくにと器用にこねながら、ぐんっっと下から腰を跳ね上げられる。振り落とされないよう、ミカが必死にしがみ付くのに構わず腰を振られ、粘度のある液体が攪拌《かくはん》される音が立った。

「ふぁっ、あ、ンンッすご――」

もうまともに言葉を形作れない。二人でただ一つの頂きを目指す。

すぐにまた体内を穿つ剛直から精が放たれる。自分の尻の中でヒクヒクと拍動するものを感じながら、ミカはうっとりと番の首筋にキスをする。背を丸めてうろこを抜いた傷を舐めると、強く抱き締められた。


怪我をしていないか見たいというシュリの要望に応え、岩の上で脚を開き、月光に尻の狭間を晒す。それをしげしげと見られ、量の多い恋人のものを零す場所を至近距離で観察される。

かき出すと言って、ちゅぷちゅぷと音を立てて彼の太い指が執拗に出し入れされた。緩んだ窄まりが立てる音に熱心に耳を近づけたり、鼻息が当たるほどかぶりついて凝視されたりする。

再び息を荒くしたシュリに寝床に戻ろうと誘われ、抱きかかえられた。

枯れ草の上に寝かされたが、夜は終わらない。シュリは粒立った小さな乳首に舌を這わせ、指でしつこく嬲る。

「またシたくなっちゃうから触らないで」

もう終わろうという意味で銀の頭を押しのけると、そうだなと頷いたにも関わらず、仰向けで脚を上げさせ、ミカに向かい合う形で再度身体を繋げてしまう。

身体をくの字に曲げ、高く尻を掲げた形で、図太い陰茎が中をぐぷぐぷと擦る。自分に圧し掛かったシュリが夢中になって腰を振る姿を見るうち、ミカもまた股間を硬くさせてしまった。

「シュリ、やだ、いっぱい、もういっぱいだよ」

放たれたたっぷりとした精が、繋がった場所から溢れる。それは腹へと流れ、ミカのへそから胸へと筋を作った。

「いっぱいだな。お前の中は我でいっぱいだ。我らは一つだ。我が死んでも魂はお前から離れることはないぞ」

「ん、僕も一緒だよ」

額に玉の汗を浮かべ、一心に繋がり合う。断片的にシュリも呻き、たまらない声を漏らしていく。

「ンあんッ――あぁぁ……」

四肢を突っ張らせて達すると、二人でどろどろのまま抱き合って眠った。


「海に行きたい！」

かさぶたの浮いた腕を上げ、言ってみた。

温泉は千年生きているシュリがわざわざ連れてきてくれただけあって、魔物の傷にもよく効いたが、まだ膿んでいる箇所もある。それでも来る途中に見えた海に行きたくてたまらない。海に行くのは、旅に出るのと同じくらいミカの夢だった。

それにもう番なのだ。この先五百年の長い付き合いを考えれば、いまから遠慮していては持たない。ダメならダメと言ってもらえた方がミカも気楽だ。

「海に浸かるのはくるぶしまでと約束するか?」

人間姿のシュリに何度も念を押される。その入念ぶりにボリスを思い出したが、言わないでおいた。代わりに「心配性の夫だね」と言ったら、夫と呼ばれたのがまんざらでもなかったらしく、あからさまに機嫌が良くなる。散々聞いた注意を繰り返されたのち、連れていってくれることになった。

あれから数日経った。

初めて交わった翌日は、互いに陽が高くなるまで寝こけてしまった。

寿命は延びても、身体の頑丈さは人間のままのようで、最中はすっかり忘れていた傷の痛みが少々ぶり返してしまった。

しばらくはささやかなふれあいに留め、その間、人間の姿でサンベルムまでどう帰ろうかと二人で相談した。

他種に恋をした竜が相手の姿になることは伝説めいた噂として竜の間でも知られていたが、実際の話として耳にした者はおらず、恋が成就したその後はシュリも知らないそうだ。

この岩穴は冬場こそちょうど良いが、春になると熱すぎて、次の冬まで使えないらしい。

どうやって人間の身体で山を下り、太古の森を出てサンベルムまで帰ろうか心配していたら、コツを掴んだシュリが竜と人間どちらにも姿を変えられるようになった。

おかげでミカは海へ行きたいとわがままを言えた。

「母さまが制服を持たせてくれなかったら、僕が一人でシュリ用の服を調達しなきゃいけなかったね」

身体を拭く布や着替えを、乗ってきた籠に入れて準備する。

ソニアが持たせてくれた荷物の中に、シュリの竜騎士の制服があった。もし、騎竜せねばならない状況になった場合、制服を着ていた方が都合が良いだろうと考えたらしい。持たされたときは、竜騎士を偽るまねはしたくないし、そもそも心配しすぎではないかと思ったが、いまとなっては母に感謝している。

晴天と穏やかな風に恵まれた日、人目のない場所まで竜体のシュリに運んでもらう。

生まれ育ったサンベルムとは違う暖かな空気に、旅に来たのだと実感する。シャツにストールだけを羽織り、籠から降り立った。

一歩踏み出した途端、砂浜の歩きづらさに驚き、素足になればむずむずとした感触に笑い声を上げた。海に辿り着く前からすでに楽しい。

「やった！　海だ!!　僕の夢がまた叶ったよ」

念願の海に着き、興奮して飛び跳ねた。すかさず傷に響かない程度にしろと、シュリから小言をもらったが、あまりの感激にほとんど耳に入らなかった。

波が足先を濡らすと、冬の海水の冷たさにひゃあと叫ぶ。それでも嬉しくて、足先で水を蹴るようにして入ると、手のひらを海水に浸した。波が寄せ、くるぶしどころか脛まであっという間に海中に沈む。

「近くで見ると、海の水は青くないんだね？　それともすっごく薄い青色なの？　シュリ、知ってる？」

両手ですくった水を覗き込む。舐めると本当に塩辛くて、それもまた感激した。

「空が赤ければ海も赤くなる。天気が悪ければ、海の色もくすむ」

「海の色は空の色なの？　じゃあ、空はなんで青いのかな？」

「天上に住まう者たちの衣《ころも》の色だと——昔、どこかの国の人間が言っていた。竜はありのまま受け入れるだけだ。そこに理由を求めない」

千年生きるシュリが口にする昔は、リンドランド王国もまだないような昔なのかもしれないとミカは思う。海を眺めるシュリの表情は、わずかに寂しげだ。遠い過去を思い出しているのだろうか。

「一緒に歩こう？」

手を取り、砂浜をともに歩く。波に打ち上げられた海藻を追って、より深い場所へ入ろうとするとシュリに抱き上げられ、身体を冷やすからと叱られた。むくれると、代わりに拾ってくれ、固くてぬめった感触に目を輝かせることができた。

ほかにも砂浜で貝殻を拾ったりして、心ゆくまで遊んだ。

それから少し歩いて、シュリと港町を楽しんだ。ミカが自分で貯めたお金を持ってきていたので、それで買い物もした。

屋台で貝の串焼きを頬張るのも、何もかもが楽しくて、二人は始終笑っていた。

広場を通りかかると、バザーが開かれているのを見つけた。孤児院が開いたバザーらしく、家具屋から寄附された寝台が一台売れ残っていた。それを気に入ったシュリが衝動買いをしてミカを慌てさせた。

馬車もなしに寝台を担いで歩くシュリに、店番をしていた職員や子どもたちのみならず、通りを歩く人々の注目が集まる。

「すごい怪力！　お兄ちゃん、竜の生まれ変わりだろ⁉」

子どもたちが尊敬のまなざしを向け、きゃっきゃと声を上げる。

「よく分かったな。我は人間の姿をした竜なのだ」

それを聞いた子どもたちはすごいすごいと連呼し、大人はノリのいい兄ちゃんだと笑って、冗談だと勘違いしてくれた。会話をあたふたと切り上げたミカが、シュリを引っ張って帰路を急がせる。小声で正直に言いすぎだと叱った。

「我は嘘をつかないのだ」

あまりにも平然としている彼が憎めず、苦笑する。ミカも元竜騎士だったボリスから聞いて知っていたが、不要な騒ぎは避けたい。

「ああいうのは挨拶みたいなものだから、まともに答えなくていいんだよ。おはようって言って、早くない、いつもと同じ時間だぞって答えられても困るのと同じ」

「そういえば昔ボリスに、黙っていれば嘘にはならないと言われたことがあった。確かに嘘ではないが、慣れるまでムズムズした」

自分も引っ越すのを伏せ、シュリの部屋を探したいとボリスに相談した日のことをミカは思い出す。

「その感覚分かるよ。もやもやするよね。でも、よく僕に正体を十二年も伏せていられたね」

言葉遣いや態度が独特なので分かりにくかったのもあるが、彼だけは自分に嘘をつかなかったのだと改めて感じた。それにボリスのように態度が変わることもなかった。

「人間なのかと聞かれたら、いつでも答えたがな」

「疑わなかったもんなぁ僕も」

これまでを思い返し笑うミカへ、シュリは柔らかなまなざしを向ける。

「我が竜であることと、お前の寿命が人間のものと大きく変わったことは、黙っているから安心しろ。人間は正直に生きる方が負担を感じることもあるのだろう？　我も十二年の人間生活で多少なりとも理解したつもりだ」

自分を守ろうとしてくれているのだと分かり、その優しさに胸が温かくなる。

「ありがとう。どうするか考えてみるよ」

その後も、馬車もなしに寝台を担いで運ぶ彼は注目を集め、こっそり竜の姿に戻って運ぶのに苦労した。そんな苦労も、思い出すたびにミカを笑顔にさせる出来事になった。

何度か港町で食材を買い足しながら、ひと月ほど岩穴で過ごした。二人きりの毎日は、少しだけ遠い未来を思わせた。互いに言葉にしなかったが、穏やかで甘い毎日は未来への不安を和らげた。


シュリとともに春を迎えたサンベルムへ戻った。あえて衆目のある教会前の広場に降り立つ。

竜の背に乗ったミカを見つけた街の人々は飛び上がって喜び、迎え入れてくれた。すぐにミカたちの到着を知らされたソニアとボリスが、人々に背中を押され、広場に現れる。

ソニアと抱き合って再会を喜ぶ。怪我の治りを心配されたが、完治したと伝えると、胸を撫で下ろしていた。

ボリスは安堵した表情でソニアから一歩下がって立つ。以前のように「おかえり」とも、王宮で会ったときのような恭しい言葉も使わず、黙したままだ。ミカもいつもと同じ言葉遣いでいいのか、それとも敬語にすべきか判断がつかず、不自然と分かっていても話しかけられなかった。

背後で聞き覚えのある声が聞こえ、振り返る。甥に手を引かれた、店の近所に住むフラーがいた。

「ミカ殿下お帰りなさいませ。ソニア元妃殿下もお喜び申し上げます」

「フラーさん、ただいま帰りました」

予想はしていたが、殿下と呼ばれたことに気後れしてしまう。ソニアも『元妃殿下』と呼ばれ、居心地が悪そうだ。

充分人が集まったところで、シュリに人間の姿へ変容してもらった。シーツで隠し、旅で使った大きな籠に入って服を着て、下半身を見せないよう配慮もする。

嘘をつきたくなかったミカは、ありのままを街の住人に伝えることを選んだ。

どれほどみんなを恐れ慄かせてしまったろうと心配していたら、逆にピュウッと口笛を吹かれた。それをきっかけに、どっとにぎやかな笑いが起きる。殿下と連呼していた歓声がよそ行きの声なら、これは仲間内でのいつもの賑わいだ。

「しまった、負けた！」

「俺は勝ったぞ！　言っただろ、鱗の色を見りゃ一発でピンとくるって。あんな珍しい髪色も竜も、そうそういるもんか」

「賭けよりも、あたしはいい男の裸を拝めなかったのが残念だよ！」

「ミカちゃんの男だよ。諦めな」

女性たちも快活に笑い声を上げる。

どういうことかと目を丸くするミカへ、人垣をかき分けて現れたルーイが経緯を教えてくれる。

「ミカを助け出した竜の銀鱗を見て、みんな察したんだ。シュリは全然戻ってこないし、かといってあのシュリがミカのそばを離れるわけがない。となればあの銀鱗の竜がシュリに違いないってね。うちの酒場でみんな賭け合って、お前たちが戻ってくるのを楽しみにしてたんだ。今夜は賭けの清算で店が忙しくなるぞ。儲けさせてもらってありがとな」

ルーイは変わらぬ態度と呼び名で接してくれたが、ボリスが王子と竜を賭け事の対象にするなんてけしからんと顔をしかめている。

そうこうしているうちに、いつもの竜騎士の制服へ着替えを済ませたシュリがかたわらに立つ。正装なのだからと、つけ損ねていたペリースをミカが肩に留めてやる。

「母さま、ボリスさん、僕たち番になったんだ」

シュリと並んで、報告をした。ソニアは満面の笑みで、ボリスはまだしかめっ面を続けていたが、そわそわと落ち着きがない。

「おめでとう。ミカ、良かったわね。本当に喜ばしいわ。実はね、私たちも夫婦になったのよ」

取り囲んでいた街の人々が、再びわっと盛り上がり、口々にミカたちがいなかった間に起きたことを伝えてくれた。

「やっとボリスが腹を決めたんだ」

「ミカちゃんが二人の結婚の許可を取り付けたってのに、なかなか腰を上げないのよ。元旦那が来るまで、ホントにじれったかったわ！」

「小言は言えてもプロポーズは言えない男だったが、ソニアさんの元旦那が街に乗り込んできちまったからな」

意味を追えなくなったミカが、ちょっと待ってと手を上げた。

「みんなが言ってるその元旦那ってもしかして――」

デリカテッセンのいつもの常連たちが「ヘンリック前王様さ！」とそろって声を上げる。

「前？　いまは違うの？」

「退位なさって、アダム王太子殿下が戴冠なさったのよ」

「身軽になったヘンリック前王様がサンベルムに来て、ソニアさんへこれまでを詫びたってわけさ」

「離婚のサインを教会で済ませたとこまではいいんだが、その身分を保証するために伯爵位を授けようとなさったのがなぁ……」

そこまであれこれ言っていた人々が言い淀む。最後を女性騎士のアーリンが、威勢よく言い切った。

「ソニアさんが素っ気なく断ったのさ！　一部始終付き従っていたマリウス隊長は胃が痛んで、一生分の胃薬を飲み果たしたよ。一昨日お帰りになったばかりで、隊長はまだ寝込んでる」

そして最後にミカへ、お怪我が良くなられたようで何よりですと微笑み、ミカも笑みで返す。

彼女の周りにはほかの騎士たちも肩を並べていた。

「それでボリスはまともに求婚できたのか？」

シュリが先を促すと、そこでやっとボリスが口を開いた。

「まともとはなんだ！　俺だってできる。入籍だって昨日済ませたぞ！」

「良かったたな。ソニア殿お祝い申し上げる」

不意に祝われる。ボリスはむっと唇を尖らせ、じわじわと頬を赤らめた。ソニアはそんなボリスを見て、笑いを堪えている。

「シュリくん、ありがとう」

「母さま、ボリスさん、おめでとう」

祝いの言葉をかけたミカは、喉の奥で唾を呑み込み、ボリスの反応を待った。王宮で会ったときのように、他人行儀な敬語を使われるのではないかと、少しだけ身構える。

「うん、まぁ、その、あれだ。お、お前にその気があるなら、またいつでも店に働きに来い」

照れながら、以前と同じ口調で接してくれた。関係を変えずにいてくれたことに感謝する。

「ありがと、おとうさん」

げほげほとむせてしまったボリスは、照れ隠しなのか饒舌《じょうぜつ》になり、王宮の変化を教えてくれた。

ヘンリック王は退位とともに旧来の高官たちを全員引退させ、新しい世代の者たちへ入れ替えたそうだ。それにともなう摩擦もあったが、ミカがシュリの番になったことをうまく権威に利用したらしい。

「竜王の番は王家の血を引くリンドランドの秘宝であり、国を乱すものは竜王を怒らせたセム家と同じ運命を辿る——からな。どの家も従順だ」

勝手に利用するなとシュリは憤慨していたが、これだけたくましければなんとかやっていけるだろうと、シュリなりに新たな王となったアダムを気にかけてもいた。


シュリとの家に戻ったミカは、週の二日だけ店を手伝い、あとは孤児院の厨房で働いている。食材の買い付けなどお金のやりくりも任せてもらい、ミカなりに見える世界を広げようとしている。

そしてその隣には、竜騎士の職を辞したシュリが常にいた。

一度やりくりに失敗したときは、シュリに頼んで以前訪れた港町の孤児院まで飛んでいき、サンベルム特産のお茶と海産物の干物を物々交換して、資金を稼いだ。少々うまくいきすぎて、これからも定期的に来てくれと頼まれている。

周囲には、ミカの寿命が人間のものと大きく変わったことは打ち明けていない。

ソニアたちには街に戻った夜に伝えた。もちろん驚いていたが、街の人にも打ち明けたいと相談すると、それは二人がどう生きたいかを決めてからでも間に合うとソニアから忠告された。正直であることに固執してしまい、焦っていたようだ。

いつか二人でまた旅をしたいが、それは先の楽しみにとってある。

人との別れにミカもシュリもまだ慣れていないし、この先泣くことも多いだろう。

ルーイの店で二人で夕食を食べた帰り道、彼がしんみりした口調で、人間の暮らしもいいものだなと呟いた。

いつか来る別れの日をいまから悲しんでいるのだろう。そっと彼の手を握る。

「泣くのも笑うのも、二人一緒だよ」

道端でシュリの腕に抱き締められると、通りがかった街の住人に口笛を吹かれ、冷やかされる。自分たちは街の誰もが知る夫夫《ふうふ》で、口笛を吹いた人も笑顔で手を振っている。

「シュリ、好きだよ」

我も、と言いかけた言葉を遮った。

「知ってる。だって竜は嘘をつかないもの」

すべてをかけて愛すると誓ってくれた言葉を、胸の内で繰り返す。

「ねぇ、もっと仲のいいことをしよっか」

ミカが囁けば、シュリの歩みが早まる。

歩きながら視線を交わし、ぷっと吹き出しながら二人で家路を急いだ。

END

こんにちは、エナリユウと申します。
日々精一杯、ベストを尽くして俗世を生きているつもりです。しかし、実力不足や気力不足、ときおり自覚する己の恥ずかしい振る舞いや思いこみ、思い上がりにひぃーッと定期的に奇声を上げてしまいます。（私は車の運転中によくそうなるのですが、皆様はいかがでしょうか）
そんないっぱいいっぱいの自分を救ってくれるのがＢＬ（とＢＬのいちゃラブエロ）です。ＢＬは私の命綱ですし、中でも新刊が大好きなので、新刊がたくさん読める時代がこの先も続くことは、私のメンタルにとって非常に大事なことです。そういった意味でも日本経済と家計の安定を切に願っておりますし、今後も一助になるべく勤労してまいりたいと思います。
美しいイラストはみずかねりょう先生に描いて頂くことができました。イラスト指定書をチェックしながら、これがみずかね先生の手元に渡るのかと思うと、嬉しいと同時に（正直）ビビりました。麻雀だったら、あまりに良い牌にツモった手が震えているでしょう。この牌を活かせなかったら、自分はクズだと追い込む気持ち……。そして装丁も素晴らしく（なると聞き）、そんな方々へ報いることができるだろうかとどきどきしております。

今度こそオワッタと半ば絶望しながら提出した原稿を、できてますすよ大丈夫ですよ気のせいじゃないですか等あれこれ励まし、あっちあっちと進むべき道を示してくださった編集様には大変お世話になりました。経験するたびに、だから商業ＢＬは面白いのだと、実感しております。

機会をくださった出版社様はもちろん、置いて下さる書店様、関わってくださった皆様ありがとうございます。ツイートなどの宣伝も、いつも感謝しております。

読者の皆様を少しでも明るく楽しい気持ちにできていたら嬉しいのですが、いかがでしたでしょうか？　ツイートで感想を呟いてくださる方もいらっしゃり、メンタルが安定しているときだけいいねを押しています。毎回は御礼できていませんが、いつも歓喜と感謝で飛び跳ねています。

それではまた、どこかでお会いできることを祈っております。

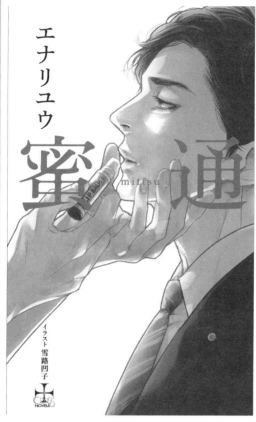

CROSS NOVELS既刊好評発売中

お前こそが、待ち望んでいた龍の御子だ

黒龍王と運命のつがい -紅珠の御子は愛を抱く-

眉山さくら

Illust みずかねりょう

「龍の御子よ。約束しよう。俺が共にいると」
胸に紅く光る珠を持つ呪われた子・弥月。独りぼっちで山奥に住んでいたが、
突然現れた黒龍・龍偉に連れ去られてしまう。
愛を知らず孤高に生きる彼と触れ合うたびに、
感じたことのない人のあたたかさを知り、弥月は彼を求めるように。
ある夜、龍の姿で傷を負い、昂ぶった龍偉に、弥月は押し倒される。
高まる快楽に呼応するように、胸の珠は輝きを増していていって……。

CROSS NOVELSをお買い上げいただき
ありがとうございます。
この本を読んだご意見・ご感想をお寄せください。
〒110-8625
東京都台東区東上野2-8-7　笠倉出版社
CROSS NOVELS 編集部
「エナリユウ先生」係／「みずかねりょう先生」係

CROSS NOVELS

愛を知らない竜王と秘密の王子

著者
エナリユウ

2023年1月23日　初版発行　検印廃止

発行者　笠倉伸夫
発行所　株式会社 笠倉出版社
〒110-8625　東京都台東区東上野2-8-7　笠倉ビル
[営業]TEL　0120-984-164
FAX　03-4355-1109
[編集]TEL　03-4355-1103
FAX　03-5846-3493
http://www.kasakura.co.jp/
振替口座　00130-9-75686
印刷　株式会社 光邦
装丁　Asanomi Graphic
ISBN 978-4-7730-6366-0
Printed in Japan